Henning Schramm

Der Frauenakt

Novelle

ÜBER DAS BUCH

Der Protagonist, Michel Angelo, ist Hasardeur, Spekulant, Aktionskünstler, Schauspieler und enthusiastischer Kunstsammler und Kunstliebhaber – und er ist überaus erfolgreich. Er betreibt seine Profession souverän und mit großer Leidenschaft. Es ist ihm gelungen, den ebenso bedeutenden wie mysteriösen Maler David Dembruck, exklusiv vertraglich an sich zu binden. Dessen Bilder erzielen, dank Angelos Vermarktungskünsten, hohe Summen.

Als seine Frau Hannah sich in einem Aktbild dieses Künstlers, dessen Details nur ihr Mann kennen konnte, wiedererkennt, löst dies bei ihr eine tiefe Vertrauenskrise aus. Einige Zeit später tauchen verstörende Einzelheiten aus der Nazi-Vergangenheit der Familien von Hannah und Michel auf. Ab diesem Zeitpunkt ist in der Beziehung des Ehepaares nichts mehr so, wie es war. Sie sind gezwungen ihr Leben neu zu ordnen. Mehr und mehr bestimmen unter der Oberfläche schwelende Ereignisse und unterdrückte Wahrheiten deren Existenz.

Auf dem Hintergrund der schillernden Welt der Kunst und des Kunsthandels mit all ihren Facetten drücken die Akteure dem Geschehen ihren Stempel auf und sind doch gleichzeitig immer auch Getriebene von Ereignissen, die sie nicht beeinflussen vermögen. Das Geschehen treibt so einem dramatischen Kulminationspunkt entgegen – und einer unerwarteten Wende am Schluss des Buches.

Informationen zum Autor und seinen bisher erschienenen Büchern und Essays finden Sie auf seiner Homepage: **www.henningschramm.de**

Henning Schramm

Der Frauenakt

Novelle

Die Erstausgabe erschien 2015 beim Morlant Verlag, Karben

Bibliografische Information der Deutschen Nationalbibliothek:
Die Deutsche Nationalbibliothek verzeichnet diese Publikation in
der Deutschen Nationalbibliografie; detaillierte bibliografische
Daten sind im Internet über dnb.dnb.de abrufbar.

©2021 Henning Schramm
Herstellung und Verlag: BoD – Books on Demand, Norderstedt
Umschlagbild: Aquarell (Bildausschnitt) von Wolff Buchholz, o.
T., 1961
ISBN: 9783754332160

»Zu sein, was wir sind,
und zu werden, wozu wir fähig sind zu werden,
das ist das einzige Ziel des Lebens.«

Robert Louis Stevenson

1

Das rechte Vorderrad des roten Porsche schliddert über den unbefestigten Seitenstreifen. Staub und loses Geröll wirbeln auf. Hannah treibt das Cabriolet rücksichtslos über die kurvenreiche Bergstraße.

Michel Angelo sitzt angespannt neben seiner Frau und stemmt seine Füße gegen das Bodenblech des Wagens. Er schüttelt den Kopf und sieht sie verständnislos an.

»Fahr bitte langsamer.«

Hannah bleibt unbeeindruckt. Sie murmelt Unverständliches vor sich hin, schleudert ihm einen bitterbösen Blick entgegen und drückt auf das Gaspedal. Der Motor heult auf. Als sie in eine Spitzkehre fährt, hat sie große Mühe, das Auto in der Spur zu halten.

Als Michel vor sich eine längere gerade Strecke sieht, löst sich seine Verkrampfung ein wenig und er wagt es, den Blick von der Straße abzuwenden.

Er schaut auf den langgestreckten, von Bergen eingezwängten See, der in gut vierhundert Meter Tiefe in der Abendsonne funkelt. Auf der Wasseroberfläche einige wie hingestreut wirkende Farbtupfer. Es sind Windsurfer, die zahlreich auf dem windreichen Gewässer hin und her flitzen. Am Horizont Richtung Süden breitet sich der See aus. Nicht mehr eingeengt von den schroff abfallenden Berghängen verliert er sich im Dunst der Po-Ebene.

Was ist nur in sie gefahren, dass sie wie von Furien getrieben rasen muss, fragt sich Michel.

Er kennt sie als besonnene und rücksichtsvolle Fahrerin. Heute früh noch hat sie ihn gut gelaunt und ohne Eile zum See hinunter kutschiert. Die Sonne schien von einem makellos blauen Himmel. Alles deutete auf einen schönen Tag hin. Sie hatte ihn in Salò abgesetzt, wo er geschäftlich zu tun hatte, und war dann weitergefahren, um eine Freundin zu treffen. Als sie ihn nur ein paar Stunden später wieder abgeholt hatte, war sie nicht wiederzuerkennen: missgelaunt, reizbar und stumm.

Er dreht sich seiner Frau zu und versucht ihr Gesicht zu lesen. Die sonst so ausdrucksvollen, weichen Augen, in die er sich als junger Mann Hals über Kopf verliebt hatte, starren geistlos und leer auf die Straße. Die Schönheit der südlichen Berglandschaft, für die sie so sehr schwärmt und die ein einnehmendes Lächeln auf ihren Mund zu zaubern pflegt, lässt sie gänzlich unberührt. Jetzt spiegelt ihr Gesichtsausdruck eine undefinierbare Gefühlsmischung, die irgendwo zwischen Zorn, Empörung und Verbitterung liegt.

Während Michel die Mimik seiner Frau studiert, legt sich ein kaum wahrnehmbares Lächeln auf seinen Mund, das ebenso Hilflosigkeit wie Verzweiflung ausdrückt. So aufgebracht, so aufgewühlt hat er sie noch nie gesehen.

Aus den Augenwinkeln beobachtet Hannah das Lächeln auf Michels Gesicht.

»Ich denke nicht, dass die Situation lächerlich ist«, sagt sie eisig.

Sie umklammert mit beiden Händen das Lenkrad und streckt streitbar ihr zierliches Kinn nach vorne. Sie beschleunigt von neuem.

»Nein, ist sie ganz und gar nicht ... Bitte, fahr langsam«, wiederholt sich Michel, »die Strecke ist wirklich gefährlich. Die Kreuze hier überall am Straßenrand sprechen für sich selbst!«

Sie lacht unheilvoll auf und schlägt mit beiden Händen auf den Lenker ein, so dass das für kurze Zeit führerlose Auto auf die linke Straßenseite gerät. Sie reißt das Steuer herum und es gelingt ihr im letzten Augenblick den Wagen zu stabilisieren.

Er unternimmt mit leichtem Pathos in der Stimme einen letzten Versuch, sie zu vernünftiger Fahrweise zu bewegen.

»Ich habe keine Ahnung, warum du uns beide umzubringen versuchst. Habe ich etwas Falsches gesagt oder getan? Bitte, kläre mich auf, was der Grund deines unheiligen Zorns ist. Vielleicht kann ich ja etwas tun, um dich milder zu stimmen?«

Hannah bleibt stumm.

Mit quietschenden Reifen fährt sie durch eine Rechtskehre. Die Straße geht nun steil bergan. Von weitem sieht Michel die kleine Kirche, die sie gestern besichtigt haben. Sie gehört zu einem Kloster, in dem noch eine Handvoll Mönche ihr weltabgewandtes Leben fristen. Die Kirche Santuario della Madonna di Monte Castello klebt auf der Oberkante einer breiten Granitwand, die fast siebenhundert Meter senkrecht in den schwarzblauen See stürzt, den die letzten Sonnenstrahlen an dieser Stelle nicht mehr erreichen.

Hannah dreht ihren Kopf zur Seite und sieht ihren Mann ausdruckslos an.

»Was du tun kannst? Lass mich einfach in Ruhe.«

»Mach' ich, wenn du nur zur Vernunft kommst und nicht mehr so halsbrecherisch durch die Gegend rast.«

»Ich weiß ja, du dramatisierst gerne.«

»Ich dramatisiere keineswegs. Du fährst verantwortungslos, du bist unvernünftig und ...«

»... so, so, ich bin unvernünftig und verantwortungslos. Das sagst *du* zu *mir*«, unterbricht sie ihn unwirsch. »Und was bist du? Du bist ... Ach, egal, ich hab' im Moment nicht die Spur von Lust, mit dir zu reden.«

Hannah bremst unvermittelt, fährt den Wagen an den Straßenrand und steigt aus.

Michel sieht seine Frau fragend an.

»Ich geh' zu Fuß nach Hause.«

Und nach kurzem Zögern fügt sie noch leise hinzu, so dass er Mühe hat, sie zu verstehen: »Ich bin mir nicht einmal mehr sicher, ob das überhaupt noch mein Zuhause ist.«

Sie greift nach ihrer Handtasche, die auf dem Rücksitz liegt. Ohne Michel noch eines Blickes zu würdigen, setzt sie sich zu Fuß in Bewegung.

Er schaut ihr nach und schüttelt entgeistert den Kopf.

Schließlich rutscht er auf den Fahrersitz hinüber und startet den Wagen. Als er auf der Höhe seiner Frau ist, verlangsamt er die Geschwindigkeit und fährt neben ihr her. Er bittet sie einzusteigen. Sie wendet sich demonstrativ von ihm ab und er sieht ein, dass in der jetzigen Situation jeder Versuch, ihre sibyllinischen Worte zu enträtseln, zwecklos ist. Er beschleunigt wieder. Es sind nur noch wenige Kilometer bis zu der Villa, die sie vor Jahren als Ferienwohnsitz erworben hatten.

Das einstöckige Haus liegt auf einem kleinen Plateau sechshundert Meter über dem See. Blickt man nach Osten hat man eine beeindruckende Sicht auf den gegenüber liegenden Gebirgszug des Monte Baldo und den zu seinen Füßen liegenden von urzeitlichen Gletschern geformten See. Eine Aussicht, in die sich Hannah und Michel, als sie das Haus zum ersten Mal besichtigten, sofort verliebt hatten.

Michel steht auf der großen, mit Terrakottafliesen ausgelegten Terrasse. Es weht ein kräftiger Wind aus den Bergen, der die Luft in dieser Höhe merklich abgekühlt hat. Nach der Hitze unten am See fröstelt es ihn leicht. Er geht in das Haus, um sich etwas überzuziehen. Wieder zurück im Freien lässt er sich in einen der Korbsessel fallen, die um ein kleines Tischchen am Rande des Pools gruppiert sind. Er schenkt sich einen doppelten Cognac ein und hofft, etwas Wärme und Ordnung in sein Inneres bringen zu können.

Sein Blick fällt auf die Skulptur *Le Baiser*, die er auf der gegenüberliegenden Schmalseite des Pools hat aufstellen lassen. Er hatte Brancusis Figur, die Mann und Frau in inniger Umarmung darstellt und deren Original auf dem Friedhof Montparnasse steht, von einem befreundeten Künstler aus ockerfarbenem Sandstein originalgetreu kopieren lassen und sie seiner Frau zum dreißigjährigen Hochzeitstag geschenkt. Und er ließ auf den Sockel, wie bei dem Original, ›*lieb, liebenswert, geliebt*‹ eingravieren. So wie er bis zum heutigen Tag auch Hannah gegenüber empfindet. Die monolithische Ausgestaltung des Liebespaares, die Brancusis Suche nach einfachen und doch zugleich spannungsreichen Formen entsprach, hatte auf Michel immer schon eine ungemein suggestive Wirkung: in sich selbst ruhend, Innigkeit, Harmonie und Sinnlichkeit ausstrahlend. So auch jetzt wieder, als er das in sich versunkene Paar betrachtet.

Die Skulptur symbolisiert jedoch nicht nur eine helle, glückliche Seite des Lebens, sondern lässt auch die Vergänglichkeit, die Zerbrechlichkeit der Liebe, die dunkle Seite des Seins, den Tod, mitschwingen. War doch *Le Baiser* von der lebensmüden Madame Rashewskaia in Auftrag gegeben worden, die aufgrund ihrer unglücklichen Ehe keinen Ausweg mehr für sich sah und den Entschluss gefasst hatte, aus dem Leben zu scheiden. Liebe in Erwartung des Todes. War das auch der Gedanke von Brancusi, als er die Skulptur schuf? Der Tod gehört zum Leben wie die Liebe. Beide bestimmen wesentlich die menschliche Existenz, mit dem Unterschied, dass man sich der Kraft der Liebe entziehen kann, nicht aber der Macht des Todes.

Ich will leben, nicht überleben um jeden Preis, denkt Michel.

Die Vorstellung, nicht mehr Herr seiner selbst sein zu können und ein würdeloses Dasein fristen zu müssen, in dem die Gegenwart auf Bewusstseinsaugenblicke schrumpft, in dem es keine Vergangenheit und Zukunft mehr gibt, ist ihm unerträglich. Der Gedanke, aufgrund einer Krankheit in einer Düsternis zu versinken, zurückgeworfen auf ein verkümmerndes Selbst, das ohne Verbindungslinien nach außen vor sich hin vegetiert, lässt ihn schaudern. Ja, es ist richtig, der Mensch kann dem Tod nicht entgehen, aber er kann sein Ende in die eigene Hand nehmen und die letzten Pinselstriche an seinem Selbstbildnis eigenständig setzen. Wer eine klare Vorstellung von sich hat, wem es gelungen ist, seinen Entwurf zu realisieren, wie das Michel von sich behaupten würde, wird die Konditionen seines Abgangs nicht anderen überlassen. Er wird Vorsorge für diesen Fall treffen. So war es für ihn nur konsequent, frühzeitig Kontakte zu einer Organisation mit Hauptsitz in Forch in der Schweiz zu knüpfen, um für den letzten Schritt vorbereitet zu sein. Er hat sich des Öfteren in detaillierten Bildern ausgemalt, wie sein Lebensende aussehen soll: Die Musik der Beatles, oder vielleicht auch eine Symphonie von Beethoven füllt die Räume seines Hauses am Gardasee. Sie dringt leise nach draußen auf die Terrasse, wo er in einem Sessel sitzt. Sein Blick schweift über Brancusis Liebespaar zu dem

Gipfel des Baldo, er trinkt den vorbereiteten Forcher Cocktail und gleitet sanft über jene Grenze, die jeder Mensch nur einmal überschreitet.

Wie wohl Hannah über diese Dinge denkt?

Sie hat ihm nie offenbart, wie sie sich im Falle einer Lebenskatastrophe verhalten würde. Sie vermeidet Gespräche, die den Tod thematisieren.

›Lass uns über etwas Schöneres reden‹, blockt sie solche Diskussionen ab.

Michel hat Verständnis dafür. Ist Hannah doch Halbjüdin, deren jüdische Großeltern in einem Konzentrationslager ermordet worden waren. Über ihren Vater weiß sie nur, dass er ein Goi war. Mehr konnte sie ihrer jüdischen Mutter nicht entlocken. Sie hatte Schreckliches erlebt und nur ihrem unbezwingbaren und wagemutigen Überlebenswillen hatte Hannah es zu verdanken, dass sie eine Lebenschance erhalten hatte.

Es scheint Michel eine gewisse Logik darin zu liegen, dass Menschen mit solch belastendem Erbe in einem schwer auflösbaren Geflecht aus Schmerz, Zorn und Angst gefangen sind. Angst vor Vertrauensverlust und vor Zurückweisung. Angst auch vor allzu großer Nähe: um sich selbst nicht zu verlieren, aber auch um Verletzungen, die aus solchen nahen Beziehungen resultieren können, zu vermeiden.

In diesem Gewebe scheint ihm auch Hannah gefangen zu sein. Sie tut sich, wie sie ihm bekannt hat, schwer mit der bedrückenden Vergangenheit ihrer jüdischen Verwandtschaft und sucht, wie unter Zwang, zeit ihres Lebens nach der stimmigen Einstellung zu ihrem Selbst und nach einem adäquaten, vertrauensvollen Bezugsrahmen. Im Gegensatz zu Michel, der Einhegungen jeglicher Art ablehnt, und der an einen grenzenlos freien Geist glaubt, findet Hannah Grenzen wichtig. Die Offenheit und Unbefangenheit, die ohne das beklemmende Wissen um den mörderischen Faschismus in Deutschland Hannahs Jugend geprägt hat, ist in späteren Jahren einer behutsamen Zurückgezogenheit gewichen. Abgrenzungen und Eingrenzungen gaben ihr Sicherheit, markierten einen überschaubaren Raum, in dem sie sich selbst entfalten, und in dem sich persönliche Bindungen entwickeln und Vertrauen gedeihen konnte.

Werden die selbst gezogenen Grenzlinien durch herabwürdigendes Verhalten oder Missbrauch des Vertrauens verletzt, zieht sich Hannah sofort in sich selbst zurück. Ihre Gesichtszüge verschwimmen dann wie hinter einem Schleier und lassen sie, ähnlich dem Ausdruck, den er gerade im Auto bei ihr beobachten konnte, wie in einen Kokon eingebettet erscheinen.

Michel erlebt diese empfindsame Lebenshaltung, die beharrlich beobachtet und prüft, keineswegs als belastend. Im Gegenteil. Dieser Charakterzug spiegelt in seinen Augen nicht nur Hannahs feinnerviges Innenleben wider, sondern ebenso auch ihre hohe Sensibilität und ihr ausgeprägtes Einfühlungsvermögen. Die Verschattungen aus Hannahs Kindheit, die hie und da ihr Leben verdunkeln, konnten in der Vergangenheit die Innigkeit ihrer Beziehung nie ernsthaft gefährden. Ein großes Reservoir ähnlicher Interessen, Vorlieben und Empfindungen hat sie fest verbunden und – ihren unterschiedlichen Grundcharakteren zum Trotz – zu einem überraschend großen Einklang im Denken und Fühlen geführt.

Er nippt an seinem Cognac und denkt an das barsche Verhalten seiner Frau vorhin im Auto und die leise Drohung beim Aussteigen. Er fragt sich, wie genau er seine Frau kennt. Wie weit kann sich ein Mensch überhaupt einem anderen anvertrauen? Er hört häufig, Liebe öffne den Menschen, kehre Inneres nach außen. Aber begreift und versteht er wirklich, wie sie denkt, wie sie fühlt, was sie erschreckt, wovor sie sich fürchtet?

Sie hat ihm aus der Vergangenheit ihrer Mutter erzählt, die sie, wie sie ihm einmal anvertraut hatte, sehr belastet. Es war der Mutter erst in den späten sechziger Jahren kurz vor der Heirat ihrer Tochter möglich, über sich selbst und ihre Flucht aus dem

Lager zu reden. Das was die Mutter damals ihrer Tochter anvertraute, blieb für immer in Hannah eingebrannt: Immer wieder sieht sie das kanariengelbe Gesicht ihrer Mutter vor sich, die nach ihrer Deportation in ein Konzentrationslager als Zwangsarbeiterin in eine Sprengstofffabrik geschickt wurde. Sie schreckt manchmal nachts auf, wenn sie von der ewigen Dunkelheit in ihrem Versteck auf dem Bauernhof träumt, von der immerwährenden Angst entdeckt zu werden.

Ja, sie hat sich ihm geöffnet und ihm ihre Ängste bekannt – zumindest, was diesen Teil ihrer Vergangenheit angeht. Aber was alles hat sie in der langen Zeit ihrer Ehe in ihrem Inneren fest eingeschlossen? Welche Sehnsüchte, Wünsche, geheimen Verlangen hält sie vor ihm verborgen?

Auch Michel hat sich Hannah nicht so offenbart, wie sie es vielleicht von ihm erhofft hat. Was weiß *sie* von ihm, aus welchen Bausteinen setzt sich ihr Bild von ihm zusammen?

Jeder Mensch hat Geheimnisse und dunkle Punkte, die während der Aneinanderreihung von Ereignissen das Leben formen und nie aufhören, sich in das Leben einzumischen. Wie oft ist er schon aus Träumen verstört aufgewacht? Aber wenn er darüber nachdenkt, welche Bedeutung diese undurchschaubaren Monster seiner Träume haben, kommt er zu keinem Resultat, das ihn befriedigt.

Sie sind da. Er kann sie vor sich nicht leugnen. Er hat eine Ahnung von den Ungereimtheiten, dem Widersinnigen in seinem Leben, aber er kann sie nicht benennen, nicht greifen. Er ist überzeugt, dass es ihm weitgehend gelungen ist, diese geheimnisvollen Höllenfeuer zu zähmen, die zuweilen in sein bewusstes, waches Leben zu züngeln versuchen. Er kann sie aber nicht löschen. Er fühlt, wie sie unter der Oberfläche weiter schwelen und versucht, sich gegen diesen Schwelbrand mit Aktivität, mit intellektueller Attitüde, mit schauspielerischem Talent und Leistung in seinem Beruf unempfindlich zu machen.

Er wünscht sich, dass seine Zeitgenossen ihn danach beurteilen, wie er sich ihnen gegenüber darstellt, was er leistet, was er sagt, schreibt und denkt, und nicht danach, was die Menschen glauben, was er möglicherweise sein würde, wenn sie alle seine Geheimnisse kennen würden, und wenn seine psychische Matrix offen vor ihnen ausgebreitet wäre.

Für viele Menschen ist die Gegenwart nicht mehr als ein Aussichtsturm, von dem sie in die Welt, in die Vergangenheit und die Zukunft schauen, ohne wahrzunehmen, wo sie sich gerade befinden. Im Gegensatz zu diesen Menschen fühlt sich Michel im Jetzt verwurzelt. Er interessiert sich weniger für das Gestern und das Morgen, ihn fasziniert das Heute, die Gegenwart und in dieser vor allem die moderne Kunst und der Kunstmarkt. Dieser hat ihn in den letzten Jahren zunehmend in seinen Bann gezogen. Er ist die Bühne, auf der er sich auslebt und darstellt.

Michel Angelo hat seine Karriere als Verleger begonnen und sich schon früh auf die Publikation von Kunstbüchern spezialisiert. Die intensive Beschäftigung mit der Kunst hat ihn bald dazu verleitet, selbst mit Kunst zu handeln. Er eröffnete eine eigene Galerie und galt in den einschlägigen Fachkreisen schon nach kurzer Zeit als ein hervorragender Kenner des nationalen und internationalen Kunstmarktes. Die Verlagstätigkeit trat nach und nach in den Hintergrund zugunsten seiner Aktivitäten im Kunsthandel, die seiner Lust am risikoreichen Spiel entgegenkamen und ihn reich machten.

Michel verfügt nicht nur über einen hervorragenden Kunstsachverstand, sondern ist selbst auch ein exzellenter Maler. Weil ihn seine anderen Geschäfte jedoch zu sehr beansprucht haben, wie er behauptet, hat er das Malen seit langer Zeit aufgegeben, was viele in seinem Umfeld bedauert haben. Am meisten jedoch seine Frau, die, als sie sich kennenlernten, von seinem Talent sehr beeindruckt war und nie verstanden hat, warum er diese malerische Begabung verkümmern ließ.

Michel ist zufrieden mit dem, was er bisher geleistet hat. Er besitzt eine ansehnliche Bildersammlung, ein millionenschweres Bankkonto und neben seinem herrschaftlichen Haus in Frankfurt hier in Oberitalien einen schönen Bungalow mit einem parkähnlichen Garten und einem großen Zwanzig-Meter-Pool.

Wichtiger als diese materiellen Werte ist für ihn jedoch – was ein Beobachter seiner öffentlichen Auftritte nicht erwarten würde –, an seiner Seite eine hübsche und kluge Frau zu wissen. Er ist mit ihr seit Jahrzehnten glücklich verheiratet und überzeugt, dass ihm und Hannah bisher ein Arrangement zur beiderseitigen Zufriedenheit gelungen ist. Beide Ehepartner haben, so seine Überzeugung, durch den Anderen Anerkennung, Stärkung und sexuelle Erfüllung erfahren. Beide sind selbstbewusst ihren jeweils eigenen Weg gegangen, ohne jedoch den Anderen auszugrenzen oder zu vereinnahmen. Die Ehe bedeutet für ihn nicht Aufweichung des Individuellen oder distanzlose Verschmelzung. Dies würde seinem spontanen Charakter, seinem ausgeprägten Tatendrang, seiner Neugierde auf Neues, die sich in kein Korsett zwängen lässt, zuwider laufen. Ihm fällt ein, was Schiller einmal zu seiner großen Liebe, Charlotte von Lengefeld, gesagt haben soll: *In euch zu leben, und ihr in mir - o das ist ein*

Dasein, das uns über alle Menschen um uns her hinweg rückt. Dieser Wunsch spiegelt nicht sein Denken wider. Für Michel ist das nichts anderes als die kleinbürgerliche Sehnsucht nach einem Leben im Uterus, nach ewiger Geborgenheit und immerwährender Abwesenheit von Einsamkeit. Zwei Menschen können verschmelzen im Liebesakt, in der Ekstase, aber nicht im Leben. Im Leben muss jeder auf seine Art kämpfen. Das Leben ist voller Unwägbarkeiten und Wagnisse. Glück und Zufriedenheit fallen nicht vom Himmel. Sie müssen dem Schicksal entrissen und, wenn es die Situation erfordert, erobert werden.

Sein Blick bleibt erneut auf dem eng umschlungenen Paar am Rande des Pools hängen. Ein wirklich beeindruckendes Kunstwerk ist Brancusi da gelungen, denkt er. Es war damals die radikale Abkehr von allem, was bisher Kunst ausgemacht hat. Der Bruch mit der Kunst als Abbildung. Ein Künstler war von da an Schöpfer und ein Kunstwerk seitdem purer Ausfluss menschlicher Kreativität und Expressivität. Er hat mit der Skulptur ein zeitloses Meisterwerk geschaffen, das dem Betrachter einen Blick in den Wesenskern des Menschen gewährt: dem Wunsch nach Nähe, Liebe, Vertrauen, Anerkennung und die Befriedigung der sexuellen Empfindungen auf der einen, sowie dem Bedürfnis nach Distanz, nach Schutz der Intimität und Innerlichkeit auf der anderen Seite. Die kantige, stehlenartige Geschlossenheit konterkariert die ineinanderfließende Verbundenheit des Paares und hält den Betrachter auf Distanz, bewahrt und beschützt das, was Mann und Frau vereint vor der Einflussnahme durch die Außenwelt. Stehen sich auch die beiden Gefühlsregungen Nähe und Distanz häufig unversöhnlich gegenüber, stoßen sich aneinander, wollen nichts voneinander wissen, so sind sie doch in jedem Menschen vereint und müssen sich jeden Tag aufs Neue arrangieren.

Hannah betrachtet ihren Mann, der in Gedanken versunken auf der Veranda sitzt, durch die geöffnete Glastür. Er hat sie nicht kommen hören, obwohl das laute Klacken der eisenbeschlagenen Absätze ihrer halbhohen Schuhe auf dem Steinfußboden des Wohnzimmers kaum zu überhören gewesen war. Sein schon ergrautes Haar ist, außer einer sich anbahnenden kahlen Stelle auf seinem Hinterkopf, auf der die sonnengebräunte Kopfhaut durchschimmert, von dichtem Wuchs. Sie bleibt in der Tür stehen, atmet tief die Abendluft ein und setzt sich schließlich, als sie die Sitzgruppe erreicht hat, wortlos in einen der Korbsessel. Er richtet sich erschreckt auf und sieht sie forschend an.

»Wir müssen miteinander sprechen«, sagt Hannah.

»Möchtest du etwas trinken?«, fragt er.

»Nein, ich möchte reden.«

»Gut, dann rede. Ich höre dir zu.«

Er schenkt sich noch einen Cognac ein, lehnt sich wieder in seinen Sessel zurück und sieht sie abwartend an.

Sie sitzt ihm scheinbar gelassen gegenüber. Das Gesicht ist weiterhin ausdruckslos. Ihre Stimme ist bemüht sachlich. Lediglich ihre unruhigen Augen verraten ihre innere Erregtheit und Spuren von Zorn.

»Während du in Salò eine Verabredung mit einem Kunden hattest, wollte ich, wie du weißt, die Zeit nutzen, um mich mit einer Freundin zu treffen, die ich schon länger nicht gesehen habe.«

Als Michel etwas sagen will, hebt sie die Hand und gibt ihm zu verstehen, sie nicht zu unterbrechen.

»Wir hatten uns im *Hotel a Villa Feltrinelli* verabredet. Ich hatte mich etwas verfrüht und bestellte mir in der Lounge ein Glas Wein. Als ich mich in dem monumentalen Atrio des ehemaligen Hauptquartiers von Mussolini umsah, traf mich fast der Schlag! Auf einem lebensgroßen Bild, direkt gegenüber dem Eingang und unübersehbar angestrahlt von einem Spotlight, stand ich mir nackt, ich wiederhole, splitterfasernackt gegenüber. Als ich näher an das Bild trat, sah ich, dass es eine Art fotorealistisches Gemälde deines Freundes Dembruck war. Dieser Mensch hat genüsslich und naturgetreu jede Einzelheit meines auf einer roten Chaiselongue liegenden Körpers festgehalten: Meine Brüste mit den Muttermalen, die er genau an den richtigen Stellen hingetupft hat, meine unscheinbare Blinddarmnarbe und das kleine Tattoo, das unter meinen Schamhaaren erkennbar ist, von dem nur *du* wissen konntest. Ich bin traurig und empört über deinen Vertrauensmissbrauch. Du hast ohne mein Wissen, ohne mich zu fragen diesem Maler offenbar ein Foto von mir gegeben, auf dem ich nackt zu sehen bin, und du hast ihm darüber hinaus auch noch intimste Details meines Körpers verraten.«

Michel nickt zustimmend.

»Ich erinnere mich«, sagt er. »Ich habe das Foto David vor etwa zwei Jahren gegeben. Es war ein altes Foto, bestimmt dreißig Jahre alt. Ich hatte es aufgenommen, nachdem wir Sex miteinander gehabt hatten. Erinnerst du dich? Ich vergötterte dich und deinen Körper. Findest du das Ölbild nicht gut? Mir gefällt es. Es ist toll gemalt, an manchen Stellen leicht verwischt, an anderen fast schärfer als die Fotografievorlage. Und offenbar gefällt es anderen auch, denn ich habe es für einen enorm hohen Preis verkauft. 150.000 Euro! Es war der Durchbruch von David Dembruck.«

Hannah steht erregt auf, geht zum Pool und wieder zurück, setzt sich, steht wieder auf, setzt sich und legt die gefalteten Hände vor sich auf den Tisch. Sie schaut ihn durchdringend an.

»Herrje, bist du wirklich solch ein Klotz oder tust du nur so? Es geht doch nicht darum, ob mir oder anderen das Bild gefällt. Du hast mich hintergangen. HIN-TER-GAN-GEN! Bevor du solch ein intimes Foto von mir herausgibst, hättest du mit mir reden müssen. Verstehst du, *müssen*. Was ist eigentlich über dich gekommen, mich vor fremden Menschen zu entblößen und meinen Körper zu kommentieren? Das, was Dembruck gemalt hat, konnte er nur aus deinem Mund erfahren haben. Wie meine Vagina aussieht, geht niemanden etwas an! Kannst du nicht kapieren, dass es mir schrecklich peinlich ist, mir vorzustellen, wie du mit Dembruck über mich geredet hast? Womöglich hast du ihm auch erzählt, wie sich mein Körper nach dem Liebesakt anfühlt. Hast du?«

»Nein, habe ich natürlich nicht.«

»Es kommt mir aber so vor. Wenn ich meinen Gesichtsausdruck auf dem Bild betrachte, scheint es mir, als ob er noch von dem Augenblick des zuvor Erlebten verklärt wäre. Woher kennt der Künstler mich, beziehungsweise diesen Ausdruck, so genau?«

»Er kennt ihn, weil er Künstler ist«, sagt Michel. »Er ist in der Lage, sich in die Gemütsfassung einer Frau nach einem Orgasmus hineinzudenken und ein guter Maler ist auch fähig, dies darzustellen. Es ist nicht Aufgabe der Kunst, Realität zu kopieren, vielmehr bringt der Künstler seine innere Befindlichkeit über ein Objekt, seine Vorstellungen, Visionen – oder um was für ein Sujet es sich auch immer handelt – auf die Leinwand. Ich finde, er hat dich und die Situation enorm gut getroffen.«

Hannah erhebt sich wieder und pflanzt sich vor ihm auf.

»Es geht hier nicht um Kunst, sondern um mich, verstehst du das immer noch nicht! Ich bin sehr enttäuscht von dir und auch etwas verwirrt, weil ich dir das nicht zugetraut hätte.«

Sie unterbricht sich und sieht Michel fragend an: »Wem hast du mich damals eigentlich verkauft? Wem war ich so viel Geld wert?«

»Setz dich doch bitte und reg dich nicht wieder auf«, versucht Michel zu beschwichtigen. »Nochmals, es geht bei dem Bild nicht um dich, sondern um Kunst. Wer das Gemälde betrachtet, schaut sich Kunst an und nicht die konkrete Frau, die dargestellt ist. Denk zum Beispiel an das berühmte Bild von Gerhard Richter, wo er seine Frau Emma gemalt hat. Ein schönes Bild. Und auf diesem Bild betrachtet man auch nicht die Ehefrau von Richter, sondern ein Gemälde, auf dem eine nackte Frau die Treppe herunter steigt ... Aber lassen wir das. Du wolltest wissen, wer der Käufer war. Es war ein Mann aus deiner Heimat, ein Italiener. Sein Name ist Alfredo Alesi.«

»Nein!«, ruft Hannah überrascht aus.

»Was heißt, nein? Doch! Ich verstehe nicht.«

Hannah lässt sich auf ihren Sessel fallen und blickt eine Weile nachdenklich vor sich hin. Dann hebt sie den Kopf, schaut ihrem Mann in das fragende, verständnislose Gesicht und erzählt ihm von ihrer Begegnung im Hotel Feltrinelli, die das Fass zum Überlaufen gebracht hat.

»Als ich mir das Bild näher ansah, stand hinter mir plötzlich ein Mann, so nah, dass ich seinen Atem im Nacken spürte. Er fragte mich, ob mir das Bild gefiele. Als ich mich umdrehte, sah ich in eine fiese, niederträchtige Visage. Die Ausgeburt, der Idealtyp eines Gangsters: eng beieinander liegende, stechende Augen, pomadeglänzendes, streng nach hinten gekämmtes Haar und, wie kann es bei solch einem Typen anders sein, klein und fett. Er stellte sich mir vor und ließ mich wissen, dass er das Bild dem Hotel ausgeliehen habe. Dieser Alesi sprach in höchsten Tönen von der Frau auf dem Bild. Wie sehr sie ihm gefiele, wie leidenschaftlich sie sein müsse und wie gerne er einmal eine Nacht mit ihr verbringen würde. Er sprach von der *Frau*, nicht von dem Kunstwerk, verstehst du! Du kannst dir gar nicht vorstellen, wie peinlich mir das war. Ich war mir sicher, dass er mich erkannt hatte, auch wenn das Foto von mir schon vor etlichen Jahren gemacht worden war ... Sag, wer ist dieser unangenehme Zeitgenosse, der vor mir ungeniert seine privatesten Sexphantasien ausbreitet? Was macht er, wenn er nicht gerade Kunst kauft und Frauen vögelt?«

»Stellst du Alesi nicht etwas zu verzerrt dar? Er entspricht, wie ich dich kenne, nicht deinem Ideal eines Mannes, aber so widerlich ist er nun auch wieder nicht.«

»Es ist mir egal, was *du* über ihn denkst, dieser Mensch war einfach ekelhaft und ich kann nicht verstehen, wie du mit solchen Leuten Geschäfte machen kannst. Er musterte mich von oben bis unten und erdreistete sich, mich mit süffisantem Unterton zu belehren. Soll ich es dir sagen? Ich sage es dir: Er schleuderte mir ins Gesicht, dass jede Frau ab einem gewissen Alter – und dabei taxierte er mich mit seinen stechenden Augen – nur noch von ihren Erinnerungen an ihre unwiederbringliche blühende Jugend lebe und bei Männern keine sexuellen Fantasien mehr entfachen könne. Das Feuer der Jugend sei vorbei, was könne sie einem Mann noch bieten? Und er hörte nicht auf, auf mich einzureden. Aus einem mir unerklärlichen Grund fühlte er sich auch noch bemüßigt, sein braunes politisches Gebräu vor mir auszuschütten: Benito Mussolini, den er sehr verehre, habe in dem Palast Feltrinelli, der jetzt leider ein triviales, geistloses Hotel sei, seinen Regierungssitz eingerichtet und die ruhmreiche italienische, faschistische Republik von Salò von hier aus geführt. Ihm, Mussolini, der, wie ich vielleicht wisse, schöne Frauen liebte, hätte diese attraktive, erotische Frau mit Sicherheit gefallen. Das wäre auch der Grund gewesen, warum er das Bild dem Hotel gern ausgeliehen habe. Er unterbrach sich, wechselte das Thema, sah mich mit einem forschenden Blick an und klärte mich dann auf, dass er das Ölbild *Frauenakt I* von einem deutschen Kunsthändler und Bonvivant für sehr viel Geld gekauft habe. Aber, fügte er großspurig hinzu, sein Geld sei gut angelegt, da der Preis des Bildes sicher noch steigen werde, und außerdem könne er sich, was sie sicher verstehen werde, nicht satt sehen an diesem vollendeten Frauenkörper.

Wie du dir vielleicht denken kannst, verschlug es mir die Sprache bei diesen unverschämten und rechtsradikalen Worten und ich verließ das Haus fluchtartig. Hast du eine Vorstellung, was in mir vorging? Ich, deren Großeltern von Faschisten ermordet worden waren, hänge dort in diesem Palast zu Ehren von Mussolini und werde von einem aufgegeilten Faschisten angepöbelt.«

Michel sieht seine Frau verständnisvoll an. Er kann sich vorstellen, was in ihr vorgegangen sein musste. Aber er kann sich leider nicht aussuchen, wer seine Bilder kauft und wo der Käufer sie ausstellt. Es war ein äußerst unglücklicher Zufall, dass sie hier mit dem Bild und seinem Besitzer konfrontiert wurde.

Er rutscht auf seinem Sitz unruhig hin und her und unternimmt den Versuch einer Rechtfertigung.

»Du kennst, wie ich, die harte Welt des Kunstmarktes und ich bin es meinem Freund David schuldig, seine Bilder zu einem höchstmöglichen Preis zu verkaufen. Es ist wohl auch allgemein bekannt, dass sich die Anerkennung eines Künstlers unter anderem im Preis seiner Kunstwerke spiegelt. Erklimmen die Werke eines Künstlers ein Preisniveau, das aufhorchen lässt, können es sich nicht einmal mehr die großen Museen leisten, dessen Werke zu ignorieren. Das ist das Gesetz des Kunstmarktes. Denk an Jeff Koons, dessen Arbeiten exorbitante Preise erzielen, die ihm sogar selbst rätselhaft sind. Koons versteht sein Handwerk, aber seine Werke sind zeitgebunden, die Werke von wirklich großen Künstlern sind das nicht. Wer einen Koons erwirbt, bezahlt in erster Linie für den Namen Koons und nicht für das Werk selbst. Gutes Kunstmarketing baut den Künstler so auf, dass er und seine Kunst in aller Munde sind. So habe ich in den letzten Jahren David Dembruck groß gemacht.«

»Das ist mir durchaus bekannt«, sagt Hannah. »Ich frage dich, hättest du deine Bilder auch an Hitler verkauft, nur weil er gut bezahlt? Ich hoffe nicht. Dieser Alesi ist zwar nicht Hitler, aber rechtsradikal und unappetitlich. Weißt du, ob er nicht vielleicht in irgendwelche Verbrechen verwickelt ist und er mit schmutzigem Geld bezahlt? Das alles ist schlimm genug, es ist aber nicht der Punkt, um den es geht. Ohne mein Einverständnis hättest du niemals mein privates Foto mit deinen Kommentaren an diesen Herrn Dembruck weitergeben dürfen. Ich empfinde das als schwerwiegenden Vertrauensbruch und bin tief enttäuscht von dir. Vielleicht verstehst du ja jetzt mein Verhalten vorhin im Auto.«

»Alesi hat viel Geld und gibt viel aus für Kunst, auch wenn er davon nichts versteht. Es ist bei ihm eine reine Geldanlage und ...«

»... das Gefühl hatte ich bei diesem Aktbild von mir aber nicht«, unterbricht sie Michel.

»Das mag in diesem Fall so sein, aber es ist eine Ausnahme. Ich habe viel Geld durch ihn verdient und er hat, ohne dass er das wusste, den Wert von Dembruck-Bildern am Markt enorm gepusht. Mit welchen Geschäften Alesi sein vieles Geld verdient, weiß ich nicht.«

»Wie auch immer, du solltest in Zukunft diesen Dingen größere Aufmerksamkeit schenken ... Übrigens, da Dembruck mich jetzt so gut kennt, würde es mich doch sehr interessieren, wer er ist. Du hast mir bisher so gut wie nichts über deinen Freund erzählt, den du schon so lange kennst und dem du bedenkenlos solch intime Dinge von mir preisgibst. Hoffentlich ist er nicht so schmierig wie dein sogenannter ‚Kunstfreund' Alesi.«

»Nun, was David Dembruck angeht ...«

Michel hält plötzlich inne und scheint zu überlegen, was er sagen soll. Er schaut seine Frau an, schenkt sich noch einen weiteren Cognac ein und unternimmt erneut den Versuch, Hannah zu einem Drink zu animieren. Sie schüttelt den Kopf.

Michel trinkt einen Schluck, lehnt sich zurück und legt entspannt seine Beine übereinander. Ein spitzbübisches Grinsen, das Hannah völlig unpassend scheint, legt sich auf seine Gesichtszüge, als er anhebt weiterzureden.

»Was soll ich dir sagen? Es ist in der Tat eine merkwürdige Geschichte mit diesem David. Er ist ein charmanter, sensibler Kerl. Du würdest ihn mögen. Aber leider ist er sehr menschen- und öffentlichkeitsscheu. So etwas kommt auch heute noch unter Künstlern vor, wenn auch selten! Als ich ihn vor Jahren kennenlernte, habe ich sofort erkannt, dass er ein Genie in seinem Metier ist. Ich wollte unbedingt mit ihm zusammenarbeiten. Er machte für diese Kooperation zur Bedingung, dass ich niemandem seine Identität verraten dürfe und er niemals öffentlich auftreten würde. Nur unter dieser Bedingung würde er mir seine Bilder exklusiv überlassen. Ich könnte sie ausstellen und sie für ihn verkaufen, zu anständigen Konditionen. Und ich kann sagen, ich verdiene so gut mit Dembruck, dass ich überlege, das Verlagsgeschäft ganz abzugeben, um mich nur noch dem Kunsthandel zu widmen.«

Hannah sieht ihn überrascht an. Sie hört zum ersten Mal von diesem Vorhaben ihres Mannes. In der Vergangenheit war er immer darauf bedacht, die Zügel fest in der Hand zu halten, obwohl Hannah, die seit geraumer Zeit gespürt hat, dass Michel nur noch mit halbem Herzen bei der Verlagsarbeit war, schon lange in der Lage gewesen wäre, den Verlag auch alleine oder zusammen mit ihrem Sohn zu leiten – und ihm die Bereitschaft dazu auch signalisiert hatte.

Von Beginn an war Hannah mit in die Verlagsarbeit eingestiegen und kümmerte sich mit großem Enthusiasmus schwerpunktmäßig um Autoren und Lektorat, während Michel für die Buchproduktion und das Geschäftliche zuständig war. Als ob es gestern gewesen wäre, erinnert sie sich an den Beginn ihrer Zusammenarbeit, aus der sich eine große und heftige Liebesbeziehung entwickelt hat. Als junge Fotografin hatte sie damals für eine Fotoserie, die sie in Italien aufgenommen hatte, einen Verlag in Deutschland gesucht. Als sie das Verlagsverzeichnis deutscher Kunstbuchverlage durchsah, gefiel ihr intuitiv der Verlagsname ‚*MichelAngelo*' und auch das Bild des Verlegers war ihr nicht unsympathisch. Sie fuhr hin, trug ihre Idee zu dem geplanten Projekt vor, und der Verleger war begeistert von den Bildern wie auch von der jungen, hübschen Römerin. Während der weiteren Arbeit an diesem Buch spürte sie, wie die Leidenschaft von ihr Besitz ergriff und ihre Sinne beflügelte. So spontan, wie sie sich für den Verlag entschieden hatte, so instinktiv entschied sich auch für Michel.

Sie befand sich damals in einer Lebensphase, die von Offenheit, Abenteuerlust und Neugier geprägt war. Sie war bereit für einen neuen Lebensabschnitt. Sie war neugierig auf Deutschland, auch auf die deutsche Mentalität, obwohl die Mutter ihr das Land in düsteren Farben gemalt hatte. Sie wollte sich ein eigenes Bild machen. Sie hatte die Hoffnung, dass Deutschland sich seit diesen schwarzen Zeiten verändert hatte. Diese Hoffnung übertrug sie auch auf die deutschen Männer, obwohl sie schlechte Erfahrungen mit ihnen gemacht hatte. Ihr Vater verließ ihre Mutter, kurz bevor sie deportiert worden war.

Sie wurde von Michel nicht enttäuscht. Er war aufmerksam, intelligent und kunstinteressiert wie sie selbst. Er sah gut aus, war charmant und selbstbewusst und sprach sogar ein paar Brocken italienisch, was ihn ihr noch sympathischer machte. Sie verliebte sich in seine warmen, neugierigen und einen starken Willen ausdrückenden Augen. Sie erkannte sich in ihm und hatte den Eindruck, *ihn* bereits zu kennen. Es war ein seltsames Augenblicksgefühl, als ob sie auf diesen Blick in dieses Gesicht ein Leben lang gewartet hätte. Zum ersten Mal in ihrem Leben füllte sich das Wort Liebe mit Leben. Nur vier Monate, nachdem sie sich das erste Mal gesehen hatten, wurde sie schwanger und kurze Zeit später heirateten sie.

Ihr erstes gemeinsames Buch, *Menschen parallel zur Natur*, verkaufte sich sehr gut und bildete einen der Grundpfeiler für den Erfolg des damals noch kleinen Verlags, der bis zu diesem Zeitpunkt leidlich vor sich hin gedümpelt war.

Mit den Jahren verlagerte ihr Mann seine Arbeitsschwerpunkte und Interessen immer mehr auf seine Galerie, die er bereits kurze Zeit nach ihrer Heirat eröffnet hatte. Als Leon, ihr gemeinsamer Sohn, sein Studium beendet hatte, arbeitete Michel ihn in das Verlagsgeschäft ein und übertrug ihm die ungeliebte buchhalterische Arbeit. Michel blieb jedoch alleiniger Geschäftsführer. Er widmet sich seit dieser Zeit verstärkt den repräsentativen Verpflichtungen, die mit dem Verlagsgeschäft einhergehen. Er knüpft Beziehungen und hält den Verlag im Gespräch. Wie der Renaissancemensch Michelangelo aus dem 15. Jahrhundert steht Michel Angelo mit den Mächtigen seiner Zeit in engem Kontakt. Wie jener bestbezahlte Künstler seiner Zeit ist er durch und durch Geschäftsmann und durch seine Bilder reich geworden. Das Leben in der dekorativen Welt der luxuriösen Scheinheiligkeit, unter deren schimmerndem Licht er seinen Hedonismus ausleben kann, ist ihm zur zweiten Haut geworden. Er ist geradezu süchtig darauf, sich im Kreis wichtiger Persönlichkeiten des öffentlichen Lebens zu tummeln und von hübschen Frauen umschwärmt zu werden, so dass er keine Möglichkeit gesellschaftlicher Repräsentanz auslässt. Auf dieser Bühne bewegt er sich geschmeidig und mit oskarwürdiger Schauspielkunst.

Im privaten Leben scheint er dagegen seltsam verwandelt. Zwar hat er, anders als sein berühmter Namensvetter, der sich zu Hause mit einem schmalen Bett, mit Tisch und Stuhl beschieden hatte, sein Haus repräsentativ eingerichtet, so dass keinem Besucher die wertvolle Ausstattung mit Möbeln, Bildern, darunter mehrere Dembrucks, und hochwertigen sonstigen Accessoires entgehen konnte.

Aber sobald er mit Hannah alleine ist, spielt das alles keine Rolle mehr und er scheint kein Auge für die luxuriöse Ausgestaltung der Räume zu haben. Dann ist er anspruchslos, ohne Allüren und aufmerksam zu seiner Frau wie in den bescheidenen Anfangsjahren ihrer Ehe.

»Du bist doch immer wieder für eine Überraschung gut«, sagt Hannah. »Seit wann trägst du dich mit dem Gedanken, den Verlag abzugeben? Fändest du es nicht angebracht mit uns, deinem Sohn und mir, darüber zu reden?«

»Ja, natürlich, wenn es so weit ist, wollte ich das tun. Aber völlig überraschend dürfte meine Ankündigung für dich auch nicht sein. Du hast doch schon lange gewusst, dass mich die Verlagsarbeit nicht mehr so mitreißt wie früher. Um diese Arbeit wirklich gut zu machen, muss man aber mit Leib und Seele dabei sein.«

»Da stimme ich dir zu. Und ich denke dabei besonders an Leon. Er ist mit großem Eifer und Herzblut bei der Arbeit und macht seine Sache hervorragend. Er hat sich zur Seele des Verlags entwickelt.«

Michel lächelt seine Frau an. Sie hat weichere Gesichtszüge angenommen, während sie von Leon spricht. Die Zornesfalten haben sich geglättet und die Augen strahlen wieder in gewohnter Wärme, als sie zu einer wahren Hymne auf ihren Sohn ansetzt.

Michel steht auf, stellt sich hinter seine Frau und legt seine Hände auf ihre Schultern. So bleibt er eine Weile stehen. Er will die Gelegenheit am Schopf packen und die verfahrene Situation, die durch die Entdeckung von Dembrucks Bild und Alfredos Auftauchen entstanden ist, wieder ins Lot bringen.

»Leon und du machen eine hervorragende Arbeit«, sagt er zu ihr und massiert leicht ihre verspannte Halsmuskulatur. »Ihr beide habt den Verlag fest im Griff und er gedeiht unter euren Händen. Und am wichtigsten ist, dass ihr eure Arbeit liebt. Ich werde mich ab sofort aus dem operativen Geschäft zurückziehen und euch Beiden den Verlag zu gleichen Teilen überschreiben. Sobald wir wieder in Deutschland sind, können wir alle Einzelheiten mit Leon besprechen. Was hältst du davon?«

Hannah greift nach den immer noch massierenden Händen und bleibt steif sitzen. Sie schaut auf die Brancusi-Skulptur. Ihre Augen schimmern feucht, so dass sie die Figur im schwachen Licht der Abenddämmerung kaum erkennen kann. Dann dreht sie sich langsam um, zieht ihren Mann zu sich herunter und gibt ihm einen Kuss.

»Ich werde sicher noch einige Zeit brauchen, um über deinen Vertrauensbruch hinwegzukommen.

Aber, dass du den Verlag, der dir immer eine Herzensangelegenheit war, jetzt in unsere Hände legen willst, ist eine große Geste.«

2

Anlässlich der alljährlich stattfindenden Buchmesse hat der Verlag zu einem Empfang und einer Präsentation eines neuen Kunstbands aus dem Haus *MichelAngelo* in der exklusiven Lounge im 22. Stock des Eurotheums im Bankenviertel eingeladen. Hannah betrachtet durch die Panoramascheibe der Bar das glitzernde, nächtliche Frankfurt. Die Fassaden der Hochhäuser ringsherum, in denen immer noch unzählige Fenster hell erleuchtet sind, erinnern sie an das nächtliche New York, wo sie letztes Jahr mit Michel geschäftlich unterwegs war. Unter ihr liegt, wie ein Spielzeughaus in unnatürliches gelblich-orangenes Licht getaucht, der mächtige Bau der 1880 unter Beisein von Wilhelm I. eröffneten Alten Oper. Auf dem Platz davor sieht sie den Springbrunnen, dessen Fontäne in grellem weißem Licht funkelt.

Hannah dreht sich um und lässt ihren Blick über die Gäste gleiten. Sie entdeckt Michel, der gerade von einigen jungen Künstlerinnen und Schauspielerinnen umringt wird und gestenreich seine Zuhörerinnen unterhält. Sie beobachtet, wie er über die Köpfe der Frauen hinweg um sich blickt, und als er offensichtlich gefunden hat, wonach er suchte, verabschiedet er sich von der Runde und geht mit federndem Schritt auf eine Gruppe zu, die sich um die Oberbürgermeisterin der Stadt geschart hat. Er begrüßt das Stadtoberhaupt wie eine Freundin auf französische Art mit Küsschen und schaltet sich in das Gespräch der illustren Ansammlung von Politikern, Unternehmern, Kuratoren, Museumsleitern und Verlegern ein.

Hannah wendet sich Leon zu, der neben ihr steht und ebenfalls von dem imposanten Blick auf die Bankentürme beeindruckt scheint. Er überragt sie um mehr als eine Kopfeslänge. Hannah, die seit einiger Zeit ihre kastanienbraunen Haare kurz trägt, wirkt klein und zierlich neben ihrem fast ein Meter neunzig großen Sohn.

»Weißt du mehr über die geheimnisvollen Andeutungen deines Vaters zum Verlag und seiner Galerie *MichelAngelo* vorhin in seiner kurzen Begrüßungsansprache?«

Er schüttelt den Kopf.

»Es ist doch wie immer bei ihm. Er liebt es über alle Maßen, die Menschen zu überraschen und noch mehr, sich mit der Aura des Geheimnisvollen zu ummanteln.«

Wilde Hypothesen schwirren seitdem durch den Raum. An erster Stelle wird spekuliert, ob endlich die mysteriöse Identität von Dembruck gelüftet werden würde. Damit hat Michel kalkuliert. Auch die Oberbürgermeisterin spricht ihn auf Dembruck an. Michel setzt eine Verschwörermiene auf und lächelt sie vielsagend an. Er bleibt aber bei seiner Linie und vertröstet sie auf später. Stattdessen verwickelt er sie in ein Gespräch über den eigentlichen Anlass des Empfangs, den neuen Kunstband von Hannah.

»Wir, meine Frau und ich, sind sehr glücklich, dieses aufwändige Buch, das dreißig Jahre Stadtgeschichte und dreißig Lebensjahre meiner Frau Hannah künstlerisch zusammenführt, in diesem Jubiläumsjahr publizieren zu können.«

Die Oberbürgermeisterin und einige Herren in der Nähe nicken zustimmend und klatschen Beifall.

»Wo steckt eigentlich Ihre Frau?«, fragt Reichwein, Vorstandsvorsitzender einer großen Bank, der für sein Institut bereits einige Bilder von Michel Angelo erworben hat und sich in Sachen Kunst von ihm beraten ließ. »Ihr gilt der Applaus. Ich finde ihre Fotografien und die Idee, die hinter dem Bildband steht, großartig. Ich habe das Buch nur kurz in der Hand gehabt, aber der erste spontane Eindruck hat mich überzeugt. Und Sie, Herr Angelo, betonen doch immer wieder, wie wichtig die erste Empfindung beim Betrachten eines Kunstwerks ist. Darf ich fragen, wie Ihre Frau auf diese außergewöhnliche Idee gekommen ist, eine Serie von dreißig Fotografien aufzunehmen, auf denen sie selbst über dreißig Jahre lang äußerlich unverändert auftritt, die Motive der Stadt Frankfurt im Hintergrund aber jedes Jahr wechseln?«

»Natürlich, das ist kein Geheimnis. Aber das soll die Künstlerin Ihnen besser selbst sagen.«

Er winkt seiner Frau zu, die sich in der Zwischenzeit mit ihrem Sohn und einer Schar von Fotografen und Presseleuten um einen der Stehtische in der Nähe der Bar versammelt hat. Sie schaut zu ihm und schüttelt mit dem Kopf, was wohl bedeuten soll, dass sie sich im Moment nicht von den Fragestellern lösen kann.

»Die Medienleute lassen sie nicht aus ihren Fängen, Sie wissen ja, wie das so ist«, sagt er zu Reichwein gewandt, »man kann ihnen nicht entkommen. Dann werde *ich* Sie kurz aufklären. Als wir uns kennenlernten, hatte meine Frau die Idee, ein Selbstporträt mit ihrer neuen Heimatstadt als Hintergrund zu machen. Das war im Jahr 1974. Exakt ein Jahr später, unser erstes Jubiläumsjahr, erinnerte sie sich an das Foto, zog dieselben Jeans, dasselbe Shirt, Schuhe, Kette und sonstigen Accessoires an und fotografierte sich erneut, jetzt allerdings vor einem anderen Stadthintergrund. Und so fotografierte sie sich dann Jahr für Jahr immer im selben Monat, in derselben Pose, derselben Kleidung, aber, wie Sie schon sagten, immer mit einem anderen Stadtausschnitt als Hintergrund. Von der blühenden Jugend bis zum reifen Alter. Der Prozess der Veränderung eines Gesichts über dreißig Jahre, ein Drittel eines Menschenlebens, wird sichtbar. Die Zeit hinterlässt ihre Spuren beim Menschen und auch dort, wo der Mensch lebt, in der städtischen Landschaft. Ihr kam es darauf an, die parallele Veränderung eines menschlichen und städtischen Gesichts herauszuarbeiten.«

Hannah, der es gelungen ist, sich von den Journalisten loszueisen, tritt an den Tisch und nickt den Anwesenden zu.

»Michel hat gerade berichtet, wie die Bilder entstanden sind. Ich gratuliere Ihnen zu der gelungenen Arbeit, die auch die Entwicklung unserer Stadt eindrucksvoll dokumentiert«, ergreift die Oberbürgermeisterin das Wort. Sie kennt Hannah von vielen gemeinsamen öffentlichen Events und privaten Einladungen. Sie fasst Hannah um die Schulter, beugt sich zu ihr hinab und flüstert ihr vertraulich ins Ohr, so dass die Umstehenden nichts hören können: »Hannah, Sie sehen auf den Fotos hinreißend aus. Aber verraten Sie mir doch, wie Sie das mit Ihrer Figur hingekriegt haben, dreißig Jahre dieselbe Hose, dasselbe Shirt, das ist unglaublich!«

Hannah lacht mit vorgehaltener Hand und tuschelt verschwörerisch: »Was die Kleidungsstücke angeht, habe ich sie natürlich sehr gepflegt und sie immer nur zu diesem Anlass angezogen. Was meine Figur betrifft, nun, ich habe zwar von Natur aus keine Anlagen zur Leibesfülle, aber so jungmädchenhaft wie damals ist meine Figur natürlich heute nicht mehr. Ich habe mehrmals den Bund weiten müssen, was man nicht so sieht, da das Shirt, das meine Schneiderin übrigens auch etwas an meine Figur angepasst hat, alles verdeckt.«

Die Oberbürgermeisterin nickt, lächelt Hannah augenzwinkernd an und wendet sich wieder der Herrenrunde zu.

Michel sieht, dass die Stimmung bei den Gästen im Saal gut ist und geht mit einem vollen Glas Champagner in der Hand zum Mikrofon, um seine eingangs angedeuteten Neuerungen zu verkünden. Er wartet, bis im Saal Ruhe eingekehrt ist.

»Liebe Frau Oberbürgermeisterin, liebe Gäste. Ich möchte es kurz machen und Ihnen nicht die gute Laune, die sie mitgebracht haben, durch langes

Gerede vermiesen. Ich hatte Ihnen zwei Neuigkeiten angekündigt. Ich will sie nun nicht länger auf die Folter spannen.«

Er macht eine längere Pause und blickt dabei vergnügt zu seiner Familie.

»Meine Frau und mein Sohn werden zukünftig den Verlag *MichelAngelo* alleinverantwortlich weiterführen. Ich wünsche beiden viel Glück und Erfolg und hoffe, dass Sie, die Leserinnen und Leser unserer Bücher, dem Verlag treu bleiben werden. Zweitens kann ich Ihnen mitteilen, was den einen oder anderen unter Ihnen freuen wird,« Michel lächelt dabei vielsagend Reichwein an, »dass ein Bild von David Dembruck bei Christie's in London das erste Mal die Verkaufssumme von über 500.000 Euro erzielt hat. Dembruck reiht sich damit in die ganz Großen der bildenden Künstler ein. Ich freue mich deshalb besonders, Ihnen in drei Tagen im Rahmen einer Vernissage drei neue Bilder von Dembruck in meiner Galerie vorstellen zu können. Da David Dembruck nicht selbst kommen wollte, hat er mich gebeten, Ihnen eine Grußbotschaft zu übermitteln.«

Michel Angelo nestelt aus seiner Anzugtasche ein maschinengeschriebenes Blatt Papier hervor und liest:

Sehr verehrte Frau Oberbürgermeisterin, sehr geehrte Magistratsmitglieder, Abgeordnete und Bürgerinnen und Bürger dieser Stadt, ich wünsche Hannah und Leon Angelo, dass sie auch in Zukunft solch wunderschöne Bücher, wie den gerade erschienenen Band *Frau in Stadtlandschaft* publizieren werden. Ich gratuliere Frau Angelo zu der überaus gelungenen künstlerischen Arbeit, die sie in eine Reihe neben Robert Lebeck, Werner Bokelberg und Yousuf Karsh stellt. Was für schöne Porträts! Was für eine wunderbare Frau, welch eindrucksvolle Bilder von Frankfurt! Das sind Porträts zeitungebundener Schönheit, die nur den ganz großen Künstlern gelingen.

Das Alter erscheint gelegentlich wie ein Blick auf die Uhr. »*Was, so spät ist es schon?*«, hat Max Frisch einmal gesagt. Bei Ihnen, Hannah, ist davon nichts zu spüren. Wenn man Sie sieht, guckt man vielmehr auf die Uhr und fragt sich: *Ist meine Uhr stehengeblieben?*

Sie sind blühendes Leben, Hannah! Das Alter erlaubt den Rückzug aus fruchtloser Selbstbehauptung zugunsten der eigenen Lebenswahrheit, der Klarheit vor sich selbst. Eine poetische Klarheit. Sie ist dadurch unverfälscht und unzensiert. Im Alter wird das Kantische Sollen zugunsten des Schiller'schen Wollens zurückgedrängt. Die Wirklichkeit verlagert sich mehr und mehr *in* den Menschen und widersetzt sich den Gesetzmäßigkeiten und der Not der äußeren Welt.

Ich weiß, dass Sie gerade neue Verantwortung für den Verlag übernommen haben und so sicher noch einige Zeit ökonomischen Zwängen unterworfen sein werden. Aber die Zeit wird kommen und ich hoffe, dass Sie die

Kraft besitzen, sich jetzt schon nicht allzu sehr von Kapitalisierungsgedanken leiten zu lassen und Werke schaffen und publizieren, die Ihrem inneren Wollen entspringen.

Vielleicht ist es nicht ganz fair, wenn ich mich so über Sie äußere, da ich für *Sie* ein Fremder bin und Sie mich nur über meine Bilder und die Erzählungen ihres Mannes ein wenig kennen. Ich aber habe Sie schon des Öfteren in Natura gesehen und hatte viele Gelegenheiten, mir ein genaueres Bild von Ihnen machen zu können.

Verzeihen Sie mir, Hannah, wenn ich anonym bleiben will. Aber seien Sie versichert, dass ich Sie sehr verehre. Und ich bitte auch die Liebhaber meiner Kunst mir zu verzeihen, dass ich im Hintergrund bleiben will. Ich bin nicht wichtig. Was zählt, ist allein das, was ich mit meinen Bildern auszudrücken versuche. Wie bei den Fotografien von Frau Angelo, wo jedes Element für sich steht und sich behauptet: der Mensch, die Frau, der Baum, das Haus. So hat auch in der ästhetischen Welt meiner Bilder jedes Detail ein Recht auf seine Eigenheiten und darf nicht gewaltsam einem Ganzen unterstellt werden, wie auch der Ausdruck der Einzelheiten einer Komposition nicht durch die Person des Künstlers, sein Alter, sein Geschlecht, seine Herkunft, seine Biografie beeinflusst werden soll. Diese Einzelheiten stehen für sich selbst und der Betrachter soll sich sein ureigenes Bild davon machen.

Lieber Michel, ich danke auch dir an dieser Stelle nochmals für die gute Zusammenarbeit und dein Engagement, ohne das meine Bilder nicht diese Aufmerksamkeit erlangt hätten, die sie haben, und auch nicht diese Wertschätzung, die sich nicht zuletzt in den Preisen meiner Bilder ausdrückt. Ich war selbst im Auktionssaal von Christie's, als mein Bild ausgerufen wurde. Der Saal war brechend voll. Der Auktionator stellte das Lot ‚Lila Frauenakt II' von mir vor. Ich war aufgeregt. Werden sich die hohen Erwartungen erfüllen? Bis 450.000 Euro gingen die Schätzungen. Der junge Auktionator beugte sich über das Rostrum: ›*Lot 87: 'Purple Woman Nude II', Dembrucks 'Purple Nude', at 300.000 Pounds – to open it.*‹ Und nach ein paar Minuten: ›*and 50.000 ... 350.000. Any more?*‹ Und so ging es weiter, bis der Elfenbeinhammer des Auktionators bei 395.000 Pfund auf das Rostrum schlug: ›*... and sold.*‹ Zugeschlagen für umgerechnet 500.000 Euro an einen anonymen Telefonanbieter mit der Bieternummer 445. Solch eine Auktion ist spannender als jeder Thriller. Liebe Gäste, gönnen Sie sich einmal das Vergnügen!

Ich wünsche Dir, Michel, deiner Familie und allen Gästen noch einen schönen Abend mit vielen interessanten Gesprächen.

Gez. Dembruck

»Den Wünschen meines Freundes David Dembruck will ich mich anschließen«, beendet Michel Angelo seine Rede, »und ich überlasse Sie nun sich selbst.«

Die Gäste klatschen anhaltend und gleichzeitig wabert ein unüberhörbares Getuschel durch die Räume der Lounge. Ist Dembruck vielleicht gar kein Mann? Hat er nicht gesagt, seine Bilder sollen ohne Ansehen des Geschlechts beurteilt werden? Ist das der Grund, dass er sich nicht outet, seine Biografie so lückenhaft ist? Kein Geburtsort, kein Alter, keine Geschlechtsangabe. Ist eine Frau fähig, solche Bilder zu malen? Und noch mehr beschäftigt die illustre Gästeschar: würde eine Malerin solche Preise erzielen? Lüftet sie aus kommerziellen Gründen nicht ihre Identität? Oder ist es nur eine gute Marketingstrategie? Die Zeit lechzt geradezu nach Mystischem, nach Irrationalität und dunklen Mächten. Nutzt Dembruck nur geschickt diese Sehnsüchte und das Versteckspielen, um die Preise seiner – ihrer? – Bilder in die Höhe zu treiben?

Die Echtheit der Bilder ist mehrfach geprüft worden, sie stammen zweifelsfrei von ein und derselben Person. Aber der Künstler oder die Künstlerin selbst bleiben ein Mysterium, und Angelo verschließt sich, sobald er aufgefordert wird, sich über die bereits bekannten biografischen Details hinaus zu äußern. So auch jetzt, als man ihn mit Fragen bestürmt. Er gibt lediglich bereitwillig Auskunft über das Narrativ eines Bildes, er informiert über Details von Dembrucks Maltechnik und erläutert gerne dessen Überlegungen zu einer allgemeinen Theorie der modernen Malerei, über die er oft genug mit ihm diskutiert habe.

Hannah beteiligt sich nicht an der Diskussion über die Person Dembruck, die beherrschendes Thema geworden ist und ihre eigene künstlerische Arbeit etwas in den Hintergrund gedrängt hat. Sie trägt es mit Gelassenheit. Sie ist nicht der Typ Künstlerin, der viel Wert darauf legt, eine geheimnisumwitterte Aura um sich herum zu schaffen und bedauert es nicht, wenn sie nicht im Rampenlicht der Aufmerksamkeit steht. Sie freut sich darüber, dass ihre künstlerische Arbeit gewürdigt wird und Zustimmung findet. Mehr erwartet sie nicht. Die Gleichstellungen mit den weltberühmten Fotografen wie Karsh und Lebeck empfindet sie als übertrieben und an der Grenze zur Lobhudelei, die ihr wesensfremd ist.

Leon sieht das anders. Er ist der Meinung, dass sie endlich die Anerkennung bekommen habe, die ihr zustehe. Sie könne sich durchaus mit diesen Koryphäen messen und brauche ihr Licht nicht unter den Scheffel stellen, auch nicht gegenüber dem ‚großen' Michel Angelo, wie er spöttisch hinzufügt. Dieser habe, wie so oft, wieder einmal alles an sich gerissen, und die Besucher würden über ihn und Dembruck reden, nicht aber über Hannah. Ihr neues Buch, das doch im Mittelpunkt der heutigen

Veranstaltung stehen sollte, sei nur noch Kulisse, Staffage für seine eigene Zurschaustellung.

Hannah widerspricht ihrem Sohn vehement.

»Selten bin ich so im Fokus gestanden wie gerade heute Abend«, entgegnet sie ihm, »und das ist auch der Verdienst deines Vaters. Wenn nun ein wenig mehr über Dembruck gesprochen wird als über mich, ist das nicht seine Schuld. Er kann schließlich nichts dafür, dass ich kein so glamouröser und rätselhafter Künstler bin wie dieser Dembruck – und das auch nicht sein will.«

Hannah ist glücklich über ihren Erfolg und spürt doch gleichzeitig eine innere Spannung, die sie aber ihrem Sohn gegenüber nicht ausdrücken will.

Natürlich ist Michel dominant und drängt andere gern etwas zur Seite. Entspricht es den Bedürfnissen des Mannes, das Heft an sich zu reißen und mit einer beneidenswert selbstherrlichen Sicherheit Dinge zu sagen und zu tun, wie sie es sich in dieser Art und Weise niemals zutrauen würde? Ist es die Natur der Frau, sich nicht in den Vordergrund zu drängen? Oder ist es ihr ureigener, sich zurücknehmender Charakterzug? Es ist nicht immer leicht, sich an der Seite eines solch geltungsbewussten Mannes wie Michel zu behaupten und seine eigenen Bedürfnisse durchzusetzen, denkt sie. Aber er ist immer fair zu mir. Nein, korrigiert sie sich, als sie sich an das Bild im Feltrinelli Grand-hotel erinnert, er ist *fast* immer fair zu mir.

Als sie spätnachts wieder alleine zu Hause sind, ist alles wie sonst. Michel lässt sich auf das etwas überdimensionierte lederbezogene Sofa fallen, erschöpft wie es ein Schauspieler ist, der gerade eine schwierige Theatervorstellung hinter sich gebracht hat. Es ist, als ob er in einen anderen Körper geschlüpft wäre und jetzt, hier in seinen privaten vier Wänden wieder er selbst sein kann.

Sein zufriedener Blick streift durch das geräumige Wohnzimmer, das einem kleinen Museum gleicht. Neben der Terrassentür steht eine Lichtinstallation von Dan Flavin und vor der Bücherwand eine Skulptur von Jean Fautrier, die einen Kopf darstellt, den Fautrier während der Okkupation Frankreichs modelliert hat und an die brutale Gewalt der Nazis erinnern soll. Auf der großen freien Wandfläche gegenüber der Fensterfront, durch die der Blick auf die ausgedehnte Terrasse geht, hängt ein weiterer Fautrier neben einem Bild von Robert Rauschenberg und einem frühen Richter, darunter ein Akt von Kees van Dongen, eine Zeichnung von Steinlein und zwei Zeichnungen und ein Ölbild von Susanne Valadon.

Seine Augen wandern weiter und bleiben auf dem Bild von Kandinsky über dem offenen Kamin hängen. Er hat es von seiner Mutter zu seiner Hochzeit geschenkt bekommen. Natürlich konnte sie sich von ihrem kleinen Gehalt als Bibliothekarin keinen echten Kandinsky leisten. Sie hat dieses Bild von ihrem Mann, der in den vierziger Jahren ein bekannter Kunstsammler war, geschenkt bekommen, bevor dieser sich Anfang 1945 aus ihrem Leben verabschiedete und seine Frau Dora und den kleinen Michel sich selbst überließ. Bis zum heutigen Tag hat ihm seine Mutter nicht gesagt, warum ihr Mann Suizid begangen hat. Sie wusste nicht, wo er sich das Leben genommen hat und wo begraben worden war. Vor seinem mysteriösen Verschwinden hat er ihr einige wenige Bilder aus seiner Sammlung geschenkt. Die überwiegende Zahl der Bilder, die in seinem Besitz waren, blieb jedoch, wie die Mutter sagte, spurlos verschwunden. Offensichtlich, mutmaßt Michel, hatte er seinen Abschied aus diesem Leben minutiös geplant und betrachtete die Schenkung als eine Art Unterhaltszahlung, mit deren Hilfe Dora für die Zeit der letzten Kriegsmonate und die erste schwere Zeit nach dem Krieg den Lebensunterhalt für sich und ihren Sohn bestreiten sollte.

Als Hannah, die sich etwas Bequemeres angezogen hat, hereinkommt, winkt er sie zu sich, und sie setzt sich mit angewinkelten Beinen neben ihn. Er legt seinen Arm um ihre Schulter und zieht sie liebevoll an sich.

»Das, was Dembruck über mich gesagt hat, findest du das nicht etwas zu dick aufgetragen?«, fragt Hannah. »Ich freue mich zwar über Komplimente, aber sie müssen wahrhaftig sein, vor allem, wenn sie öffentlich vorgetragen werden.«

»Nein, ich hatte gespürt, als ich das Schreiben das erste Mal gelesen habe, dass er es ehrlich gemeint hat. Und ich würde es Wort für Wort so unterschreiben. Du bist eine große Künstlerin und eine wunderschöne Frau. Genieße die Komplimente einfach.«

»Kannst du nicht wenigstens mir das Geheimnis um Dembruck, diesen Menschen, der mich anscheinend so verehrt, verraten?«

Er denkt lange nach.

»Hannah, du bringst mich in eine schwierige Situation. Ich weiß, du hättest eigentlich ein Recht darauf zu erfahren, wer Dembruck ist. Andererseits stehe ich bei ihm im Wort und kann ihn nicht hintergehen. Ich hatte Dembruck gefragt, ob ich bei dir nicht eine Ausnahme von dem Schweigegelöbnis machen dürfe. Er hat mich gebeten, auch dir nichts zu sagen, und er bittet dich für sein starres Festhalten daran ausdrücklich um Verzeihung.«

»Du hast eben *er* gesagt. Ist er ein Mann?«

»Dembruck ist ein Mann. Wie ich dir schon sagte, ein charmanter, liebenswürdiger und intelligenter Mann.«

»Begehrst du mich noch?«, fragt Hannah ihn unvermittelt, »auch wenn ich wie ein offenes Buch für dich bin und kein Geheimnisträger wie dieser Dembruck?«

»Du bist alles andere als ein offenes Buch für mich. Manches an dir ist mir rätselhaft. Ich kann damit gut leben, ein bisschen Mystik kann einer Beziehung nicht schaden. Das, was ich sehe und von dir weiß, reicht mir, dich zu lieben. Ich liebe nicht das an dir, was mir verborgen bleibt, sondern das, was ich durch meine Sinne wahrnehme, fühle, höre, rieche. Um auf deine Frage zu antworten: ja, ich begehre dich.«

Am folgenden Morgen muss Michel Angelo für zwei Tage in die Hauptstadt fliegen. Ein dort ansässiges Ministerium ist interessiert an einem Dembruck und anderen Ölgemälden und will sich fachkundig von Angelo beraten lassen.

Hannah verbringt den Tag über im Verlag. Als sie abends nach Hause kommt, ist sie von einer inneren Unruhe, einer unbestimmten Sorge gepeinigt, die sich schon den ganzen Tag abgezeichnet hat. Ihr Herz pocht schneller, der Magen zieht sich leicht zusammen. Das Haus, vom Dunkel eingehüllt, empfindet sie als kühl und abweisend. Obwohl die Erinnerung an die gestrige Nacht sich wohlig in ihr eingenistet und sie den ersten Tag als offizielle Verlagsleiterin erfolgreich hinter sich gebracht hat, fühlt sich Hannah jetzt am Abend sehr einsam, abgeschoben, unsicher. Sie hat keine Erklärung für das Gefühl der Bedrückung. Es liegt als melancholischer Schmerz auf ihrer Brust. Ist sie allzu sehr abhängig von Michel geworden und ist nichts mehr ohne ihn? Ihre Gedanken martern sie, bewegen sich im Kreis, ziehen sie in einen Strudel. Vor ihrem inneren Auge taucht sie als eine alternde Frau auf, deren Erwartungen an die Zukunft im Schwinden begriffen sind. Eine Frau, die kurz vor dem Sturz in den Abgrund des Alters ist, abgestellt auf ein totes Gleis, nutzlos und wertlos. Was, fragt sie sich, kann das Alter ihr noch bieten. Ist Begehren und Liebesglück nur noch in Träumen erlaubt, gesteht man einer alternden Frau diese Empfindungen in der wirklichen Welt nicht mehr zu?

Als ihre Augen gedankenlos über die Bilder an der Wohnzimmerwand schweifen, bleiben sie auf einem Bild von Magritte, das neben dem Bild von Valadon hängt, haften. *Die Liebenden* zeigt zwei verhüllte Köpfe, die sich küssen. Sie können sich nicht sehen und sie haben keinen direkten körperlichen Kontakt. Eine intime Szene, die gleichzeitig Distanz ausdrückt. Die Liebe findet nicht körperlich, sondern rein psychisch statt. Wie ist das bei ihr und Michel? Hat sie sich von Michel entfernt? Hat sie ihre Zäune um sich herum zu hoch gebaut? Ist ihre Liebe noch real oder findet sie nur noch in der Fantasie statt? Ist sie nur noch ein Trugbild und in Wirklichkeit längst gestorben? Sie fragt sich, ob ihre und die Lebenslinien von Michel auseinandergelaufen oder im Auseinanderlaufen begriffen sind. Aber welche konkreten Anzeichen gibt es? Ist die berufliche Trennungslinie, die jetzt gezogen worden ist, solch ein Anhaltspunkt? Will sich Michel dadurch größere Freiräume schaffen, mehr Abstand von ihr?

.

Nagt an ihr der Neid auf ihn, der anders als sie selbst, sein Leben ohne Angst lustvoll zu genießen vermag? Michel lebt, spielt oder träumt mit der Gier eines Jugendlichen und er lebt in diesem fortgeschrittenen Alter – oder vielleicht gerade wegen seines Alters – in der Selbstgewissheit, dass nichts, was von dieser Welt sei, ihm unerreichbar sein würde. Er ist eitel, selbstgefällig, er weiß, wie die Dinge laufen, was die Welt zusammenhält, er ist von sich überzeugt und niemand kann ihn aus der Bahn werfen. Er hat eine raubtierhafte Art, seine Bedürfnisse und Kräfte einzuteilen, zu nehmen und zu geben. Das alles ist er und auch wieder nicht. Vor sich selbst nicht und vor Hannah nicht. Er ist ein Extrem.

Wenn Hannah von sich sagen würde: was ich will, ist das, was ich habe, dann sagt Michel: was ich will, ist das, was die Welt bietet. Und wenn die wirkliche Welt sich einmal allzu sehr gegen ihn stellen sollte und er nicht pflücken kann, was sie ihm anbietet, ist Michel mit einer Fähigkeit ausgestattet, die niemand in ihm vermuten würde. Er verlässt die wirkliche Welt und denkt sich in eine Welt der Träume und Fantasien, denen er sich genauso ungestüm hingibt wie seinem Leben. Traum- und Fantasiewelten, die in ihm zuweilen eine vehemente Wirklichkeitsmacht entfalten.

Michels Leben ist bunt und erinnert an ein Kunstwerk, allumfassend, geheimnisvoll und tief, während ihres in den letzten Jahren eher blass und ohne Höhepunkte verlaufen ist. Oder führt sie gar ein Leben, das sich gegen ihren eigenen Willen entwickelt? Wie würde er, entlastet von den Routinearbeiten und den Verwaltungsaufgaben, die der Verlag mit sich gebracht hat, mit seinen neuen Freiheiten umgehen? Hannah hat das Gefühl, dass er zunehmend mit seiner Profession verschmilzt. Oder steckt etwas anderes hinter den häufigen Reisen und den Besuchen bei David? Eine Frau? Michel hatte zwar bisher keine Affären gehabt, da war sie sich sicher. Aber musste das für immer so bleiben?

Ist sie imstande sein Begehren zu befriedigen? Begehrt er sie noch? Sie weiß wohl, dass sie in letzter Zeit des Öfteren einmal gereizt war, auch nörgelig und bisweilen zanksüchtig. Sie fragt sich jetzt, ob sie in Italien damals auch überreizt reagiert hat. Was geht es sie an, wer Dembrucks Bilder kauft und sei er noch so unsympathisch! Andererseits aber: ist nicht der Schutz der Intimsphäre ein Menschenrecht, das Michel missbraucht hat?

Als sie Michel kennenlernte, war sie bereit etwas zu wagen, durchaus auch im Bewusstsein des Scheitern-Könnens. Sie schätzte damals seine ansteckende Sorglosigkeit, seine fast kindliche Unbeschwertheit, die sich zum Teil auch auf sie übertrug. Er öffnete ihr, die viel Energie darauf verwandte, Fehler zu vermeiden und niemanden mit unbedachten Handlungen zu verletzen, eine ihr bis dahin ferne Welt. Sie befreite sich von den einengenden gesellschaftlichen Konventionen, denen sie sich bis dahin unterworfen hatte. Aber sie erinnerte sich auch an die Ängste, die damit einhergingen und ihre Brust einschnürten. Angst, sich auf diesen fremden Mann, dazu noch einen Deutschen, einzulassen. Unsicherheit vor Intimität und Zaghaftigkeit bei der Preisgabe von Intimem, Sorge davor, von einem Mann abhängig zu werden.

Sie hatte lange mit ihrer Mutter gesprochen, die selbst nie geheiratet hatte. Die Mutter gab ihr mit auf den Lebensweg, dass es außerhalb ihres Selbst keine Gewissheiten im Leben geben würde. Sie müsse an sich glauben, nur auf sich selbst könne sie sich bedingungslos verlassen.

Das sagt sich so leicht, liebe Mutter, flüstert sie mit Blick auf die gerahmte und festgehaltene Zeit des Fotos, das auf der Anrichte neben dem Kamin steht. Es zeigt die Mutter mit der zehnjährigen Hannah auf dem Balkon ihrer Wohnung in Rom. Ich bewundere dich, Mutter. Leider habe ich nicht das willensstarke Selbstvertrauen und diesen Mut, den du gehabt hast.

Sind im Alter Erinnerungen, gerade auch die weit zurückliegenden Erinnerungen, das Einzige, was einem bleibt und was noch expandiert?

Sie denkt an die Schilderungen ihrer Mutter Leonie, in denen sie ihr mit leiser, tonloser Stimme, als ob sie von einer fremden Person erzählen würde, von ihrem eigenen Martyrium berichtet hatte. Ihr Vater, Aaron Abendroth, hatte vor dem Krieg eine gutgehende Fabrik für Damenunterwäsche in Berlin. Zu Beginn des Krieges nahm er zusätzlich zu den zarten Wäschemodellen für die deutsche Damenwelt die Fabrikation von uniformer, grober Unterwäsche für die Wehrmachtssoldaten auf. Dies machte ihn, den Juden Abendroth, zu einem Unternehmer kriegswichtiger Güter und er genoss am Anfang des Krieges einen löchrigen Schutz vor Verfolgung. Aaron war nicht nur ein erfolgreicher Fabrikant, sondern auch ein großer Kunstliebhaber und Mäzen. Die luxuriöse Villa am Wannsee, unweit der Villa von Max Liebermann gelegen, aber auch des unglückseligen Gebäudes, in dem die Vernichtung der Juden beschlossen wurde, war angefüllt mit Bildern, die der Hausherr nicht ohne Stolz seinen Gästen präsentierte.

Leonie wuchs als einziges Kind in Wohlstand und behüteten Verhältnissen auf. Zur gleichen Zeit jedoch, als sie die Welt für sich zu entdecken begann und die Männerwelt und die sozialen Kontakte außerhalb der Familie anfingen, für sie aufregend und spannend zu werden, spürte sie die Ausgrenzung, die Isolierung und Verachtung, die ihr im öffentlichen Raum in zunehmendem Maß entgegenschlugen. Im Gymnasium wurde sie von Gleichaltrigen geschnitten und war im Unterricht, solange sie überhaupt noch teilnehmen durfte, fortwährend antijüdischen Hetzparolen ausgesetzt. Oft kam sie weinend nach Hause. Allein die Familie konnte ihr noch Halt geben in einer Welt, die ihr feindlich gegenüberstand und die sie nicht mehr verstand. Dann begann der Krieg, der die gerade Sechzehnjährige zutiefst erschreckte und sie innerlich erstarren ließ. Leonie wagte sich kaum noch aus der Wohnung und ihr Leben beschränkte sich zunehmend auf den privaten Bereich im Haus ihrer Eltern. So kam es, dass sie sich in einen Goi und guten Freund der Familie verliebte, der ihren Vater auch beim Kauf und Verkauf von Bildern und Skulpturen beriet. Sie wurde schwanger, von ihm, dem Nichtjuden. Sie verheimlichte die Schwangerschaft vor ihren Eltern, nicht aber vor ihrem Liebhaber, zu dem sie großes Vertrauen hatte und von dem sie erhoffte, er würde eine Lösung finden.

Zwei Wochen, nachdem sie mit ihm über ihre Schwangerschaft gesprochen, und die er, nach den Worten von Leonie, mit kühlem Schweigen zur Kenntnis genommen hatte, stürmte morgens um fünf Uhr die Gestapo in die Villa. Die gesamte Familie Abendroth wurde verhaftet und mit einem der nächsten Transporte nach Auschwitz deportiert. Die jugendliche, arbeitsfähige Leonie, die weiterhin ihre Schwangerschaft verheimlichte, wurde in Auschwitz von den Eltern ‚selektiert‘. Sie sollte arbeiten. Mit anderen jungen Frauen pferchte man sie in einen Viehwagen und transportierte sie nach Hessisch Lichtenau in eine Außenstelle des KZ Buchenwald. Eine Sprengstofffabrik mit dem Tarnnamen ‚Friedland‘ im Ortsteil Hirschhagen brauchte billige Arbeitskräfte. Vier Reichsmark pro Tag und Person zahlte das Unternehmen der SS für die Arbeiterinnen, die in der Fabrik, versteckt im Wald,

Tellerminen, Bomben und Granaten für Hitlers Krieg herstellen mussten.

›Die Haut wurde gelb, die Haare wurden gelb, sogar das Weiß der Augen verfärbte sich gelb von den giftigen Dämpfen, denen wir ausgesetzt waren‹, hatte ihr die Mutter erzählt, ›und jeden Tag mussten wir Frauen kilometerweit zu Fuß zu der Fabrik marschieren, in Lumpen gekleidet, die Haare kurz geschoren. Wir waren Sklavenarbeiter und durften deswegen die Bürgersteige, die der arischen Rasse vorbehalten waren, nicht benutzen. Die Einheimischen sahen unbeteiligt zu, wie die SS-Aufseherinnen uns, die *Kanarienvögel*, so wurden wir wegen unserer gelben Färbung von den Leuten in dem Ort genannt, die Straße entlang trieben. Im Werk musste ich in der Füllstation arbeiten. Sechs Granaten standen vor mir. Die heiße Masse musste ich mit Messingstäbchen umrühren, damit sich keine Bläschen bildeten. Die Dämpfe betäubten mich, manchmal bin ich erst wieder zur Besinnung gekommen, wenn mir der heiße Sprengstoff ins Gesicht gespritzt war. Zehn Stunden Arbeit am Tag und das sieben Tage die Woche, aber im Vergleich zu Auschwitz war es wie im Himmel, weil ich und die anderen Frauen Hoffnung hatten, Hoffnung, durch die erbarmungslose Arbeit irgendwie überleben zu können. Groß war die Chance nicht, da viele der Hunger und die Arbeit aufzehrten, und es kam immer wieder zu verheerenden Explosionen. Ich selbst hatte in der kurzen Zeit, in der ich dort schuftete, einmal erlebt, wie bei einer einzigen solchen Explosion hundertachtzig Menschen starben. Es kümmerte niemanden. Die Fabrikhalle wurde wieder instand gesetzt und neues Menschenmaterial aus den KZs und Arbeitslagern herangekarrt. Es war genug da.

Ich selbst war in einer schwierigen Situation, denn ich war in der Zwischenzeit schon im fünften Monat schwanger. Zwar sah man noch nichts von meiner Schwangerschaft, aber viel Zeit hatte ich nicht mehr, bis man entdecken würde, dass etwas in mir keimte. Ich musste etwas unternehmen. Mir war klar, dass ich – mit dir – im Falle einer Entdeckung sofort zurück nach Auschwitz in den sicheren Tod geschickt werden würde. Es blieb mir, wollte ich mit dir überleben, nur ein Ausweg. Die Flucht. Die Flucht aus dem Fabrikgelände. Die Chance war winzig, aber ich musste es wenigstens versuchen.‹

Leonie schilderte dann ihrer Tochter Hannah, wie sie nach Arbeitsende, noch bevor sich die Frauen zum Rückmarsch sammelten, im Schutz der Dunkelheit in den nahegelegenen Wald lief, sich durch das Unterholz arbeitete, eine Zeitlang durch einen Bach watete, um ihre Fährte vor den Spürhunden zu verwischen, und in der Morgendämmerung zu einem Hof kam. Dort versteckte sie sich in einer Scheune. Gegen Mittag wurde sie aus dem Schlaf gerissen. Der Bauer hatte sie entdeckt.

›Du, Hannah, hattest mir das Leben gerettet. Denn als ich der Frau des Bauern erzählte, dass ich im fünften Monat schwanger war, hatte sie Mitleid und erbarmte sich meiner. Es war kaum zu glauben, aber es gab tatsächlich auch mutige und gute Deutsche unter all den Millionen widerwärtigen Nazis! Die Bäuerin half mir bei deiner Geburt, einen Arzt oder eine Hebamme konnten wir natürlich nicht kommen lassen. Sie versorgte mich, als meine Brust keine Milch mehr gab, mit frischer Kuhmilch, so dass du trotz aller Entbehrungen gedeihen konntest. Sie versteckte uns unter äußerster Lebensgefahr fast zwei Jahre lang in einem Verschlag im Keller des Hauptgebäudes. Bis zum Kriegsende sahen wir kein Sonnenlicht mehr, und wenn du heultest, was oft vorkam, musste ich dir den Mund zu halten, damit dich niemand hörte. Wir durften uns nur nachts für kurze Zeit ins Freie wagen, um etwas frische Luft zu schnappen‹, hatte die Mutter den Bericht über ihren Leidensweg beendet.

Nach dem Krieg, ihre Eltern waren in Auschwitz ermordet worden und das Haus am Wannsee ausgebombt, entschloss sich Leonie, mit ihrer Tochter nach Israel auszuwandern. Während der Zug in

Rom ein paar Tage festsaß, begegnete sie einem jungen Römer, der sich in sie und die kleine Hannah verliebte und sich mit großem Einfühlungsvermögen um beide kümmerte. Sie trat ein in eine Welt des Lichts, der Lebensfreude und der Wärme. Sie blieb in Rom. Außer zu der Hochzeit ihrer Tochter betrat Leonie Abendroth nie wieder deutschen Boden. Sie fand in Rom, um Unabhängigkeit bemüht, eine Anstellung in der Designabteilung einer kleinen römischen Modemanufaktur. Claudio Pavese, ihr Lebensgefährte, wurde Hannah ein guter Vater und zuverlässiger Freund. Hannah, die in ihrer Kindheit und Jugend nur Bruchstücke über das Martyrium ihrer Mutter in Erfahrung gebracht hatte – ihre Mutter konnte und wollte in dieser Zeit nicht darüber sprechen –, entwickelte sich zu einer temperamentvollen Frau, die echten Römerinnen in nichts nachstand.

Die Erinnerungen an ihre erste Jugendliebe werden wach. Es war in ihren leidenschaftlichen sechziger Jahren im Sommer in Ostia, als sie und ihr damaliger Freund nach einem Discothekenbesuch an den Strand gingen. Sie lagen auf dem warmen Sand. Der Mond und die funkelnden Sterne hingen am Himmel wie in einem billigen Varietétheater. Unendlich kitschig, aber es war wundervoll. Romantisch. Weltvergessen. Sie zogen sich aus und plantschten im Meer. Sie spürten ihre Körper, die empfindsam auf jede noch so leichte Berührung reagierten. Sie ergaben sich dem Augenblick, ihre Körper verschlangen sich und wollten nie wieder voneinander lassen.

Sie ließ sich in diesen schwelgerischen Jahren von der Jugend korrumpieren, dachte, dass sie ewig währte und wollte diesen Augenblick für immer festhalten. Aber das Jungsein verging, und die Zeit nagte an ihrem Leben. Nach der Zeitexplosion in der Jugend folgte eine Zeitenwende, die in gemächlichere Wasser führte, und die schließlich einmal im hohen Alter in einer Zeitwüste enden wird. Diesen ewigen Augenblick am Strand von Ostia jedoch bewahrt sie als kleinen Erinnerungsschnipsel in ihrem Gedächtnis.

Seit ihrer Heirat waren Begehren und Sehnsucht nach Liebe nicht mehr auf Männer außerhalb des Ehebundes gerichtet. Der Treueschwur ist für sie unantastbar und unverbrüchlich. Die Treue-Empfindung ist wie Sedimentgestein in die Ehe eingelagert.

Sie träumt zwar ab und zu von anderen Männern und flirtet gerne, aber dabei blieb es in der Vergangenheit. Für die körperliche Befriedigung ihrer erotischen Fantasien und sexuellen Bedürfnisse, die mit den Jahren nicht nachgelassen haben, hat sie in ihrer Welt ausschließlich Michel auserkoren. Und je älter sie wird, desto mehr ist sie in dieser Hinsicht auf ihn fixiert – und desto mehr bedauert sie auch, dass er in letzter Zeit so selten zu Hause ist. Wenn er aber bei ihr im Bett liegt, ihre Körper sich berühren und ihre Hände Lust entfachen, springt die Zeituhr zurück. Die drohende Entfremdung, die sich unmerklich auf samtenen Katzenpfoten zwischen sie und ihren Mann stellen will und die körperlichen Anziehungskräfte auszuhöhlen versucht, verliert dann alle Macht über ihre Gedanken und Empfindungen.

Das Telefon zerschneidet mit seinem schrillen Klingelton die Stille des Hauses. Hannah zuckt zusammen und sieht einen Moment verwirrt um sich.

»Hallo, ich wollte mich kurz bei dir melden. Wie geht es dir? Hat im Verlag alles geklappt?«

»Ja, alles in Ordnung. Von wo rufst du an?«

»Na, von Berlin. Du weißt doch, dass ich in Berlin bin.«

»Ja, ich weiß. Ich meine, von wo telefonierst du im Moment? Ich höre Musik im Hintergrund.

»Ich bin in der Bar des Hotels und trinke noch ein Bier. Der Tag war anstrengend.«

Hannah forscht in der Stimme von Michel nach etwas Unausgesprochenem, nach einem falschen Unterton. Sie kann nichts feststellen. Sie klingt wie immer. Aufgeräumt und offen, vielleicht etwas müde.

»Bist du allein?«

Die Antwort kam zögernd.

»Nein, neben mir sitzt ein hübsches Mädchen, das mich gerade verliebt anlächelt und mir Ihre prallen Brüste auffordernd entgegenstreckt. Ich trinke noch aus, dann wollen wir auf ihr Zimmer gehen. Ich konnte ihre Einladung nicht abschlagen«, sagt er in ruhigem Tonfall.

Hannah bleibt einen Moment die Sprache weg. Michel lacht ins Telefon.

»Das war Spaß! Ich bin allein in dieser gottverdammt langweiligen Bar, die so steril ist wie ein OP-Saal. Und außerdem, in meinem Alter interessiert sich doch niemand mehr für mich. Der Lack ist ab und meine unwiderstehliche, erotische Anziehungskraft, der einstmals nicht mal du widerstehen konntest, ist futsch, verwelkt wie ein Herbstblatt.«

»Du kokettierst, mein Lieber. Du siehst gut aus, kannst gut plaudern und bist reich. Das müsste doch reichen, um das eine oder andere junge Ding herumzukriegen. Was soll ich denn erst sagen? Nach einer Frau in meinem Alter kräht kein Hahn mehr, wie das schon Alesi angemerkt hat. Kein Mann dreht sich mehr nach mir um.«

»Ich finde dich hübsch, attraktiv und liebenswert.«

»Liebenswert vielleicht, aber erotische Ausstrahlung, sexuelle Attraktivität? Nein. Die Zeit ist vorbei. Ich weiß, das hat nicht nur mit mir als Person zu tun. Es dürfte auf die meisten Frauen in meinem Alter zutreffen, die nicht gerade einem Jungbrunnen entstiegen sind. Aber es macht trotzdem manchmal wehmütig.«

»Für mich bist du immer noch begehrenswert, vielleicht auf eine andere Weise als früher. Dein Körper ist erfahren, er weiß, was er will, und er weiß, was meinem gefällt. Das ist kostbar. Und außerdem ist Sex in unserem Alter nicht mehr der Nabel der Welt. Es gibt viele andere erregende Dinge im Leben.«

»Du verstehst zu schmeicheln, das war schon so, als ich dich kennenlernte. Und ich gebe es ja zu, es tut gut, zu hören, was man gerne hören will ... Hoffentlich sitzt nicht jemand unmittelbar neben dir an der Bar. Es wäre schrecklich peinlich, wenn dich jemand hören könnte.«

»Außer dem Barkeeper ist niemand hier. Ich kann dich beruhigen. Ich soll dich übrigens noch von David grüßen, den ich hier zu meiner Überraschung zufällig getroffen habe. Er hatte dich bei unserer Veranstaltung im Eurotheum gesehen und, wie soll ich sagen, von dir geschwärmt wie ein Teenager.«

»Freut mich zu hören. Hoffentlich flunkerst du nicht. Bei dir weiß man ja nie so genau, was Wahrheit ist und was nicht.«

»Ach Papperlapapp! Wahrheit, was ist schon die Wahrheit. In der Liebe und beim Sex gibt es keine Wahrheit, sondern nur Gefühl, wahre Gefühle ... und Fantasien. Und die sind genauso wahr, wie die sogenannte reale Welt. Übrigens, ich habe David überredet, einen kleinen Teil seiner Anonymität preiszugeben. Ich werde bei der nächsten Vernissage ein Foto von ihm zeigen können.«

Als sie aufgelegt hat, fragt sie sich, ob sie ihm gegenüber ungerecht ist. Ob sie nicht allzu argwöhnisch ist und hinter allem, was er tut oder sagt, eine andere Frau oder ein Geheimnis vermutet. Misstrauen ist zerstörerisch, ebenso wie Selbstmitleid.

Hannah weiß, dass sie ihre eigenen aus der Vergangenheit resultierenden Verwerfungen und Bedrohungen, dass sie ihr Verlangen nach emotionaler Wärme, Klarheit und Sicherheit nicht ihm aufbürden darf. Er ist anders, er hatte eine andere Kindheit, andere Erfahrungen, vielleicht auch Traumata, aber eben andere als sie selbst, und er würde, so wie sie ihn kennt, sicher auch anders damit umgehen. Sie spürt, dass das Leben, die Menschen, auch Michel, ihr entgleiten würden, wenn sie nicht mehr fähig sein sollte, auf Menschen neugierig zu sein, sich auf sie einzulassen, ihnen zu vertrauen – wie auch sich selbst. Sie weiß, das Leben ist ein Gespräch, und nur durch das Gespräch mit anderen sind wir geworden, die wir sind und können uns selbst und die Welt besser verstehen lernen.

3

Michel Angelo ist Spieler, leidenschaftlicher Spieler. Keiner, der Kopf und Kragen riskiert, aber der doch dem Kitzel des Risikos verfallen ist. Er versucht Risiko, Verlust und Gewinn in ein Verhältnis zu bringen, bei dem nach menschlichem Ermessen Letzterer eine etwas größere Chance hat. Aber natürlich ist das Spiel, das ist ihm sehr bewusst, nicht in allen Einzelheiten beherrschbar und lässt Raum für das Unwägbare, für Unvorhersehbares. Spieler ist er nicht nur am Spieltisch, im Casino oder in einer Bar in irgendeinem Hinterhaus, er spielt auch zuweilen mit Menschen, wenn sie ihn herausfordern, oder er sich herausgefordert fühlt.

In fast jeder Metropole mit bedeutenden Museen, wo Kunst gehandelt wird und Michel Angelo seine Geschäftspartner besucht, hat er auch Gelegenheiten, sich in vertrauter Spielerrunde bei Kartenspielen oder Roulette von der Gefahr kitzeln zu lassen. Exklusive Räumlichkeiten, die nur illustren Gästen offen stehen, und wo es um hohe Einsätze geht. Auch in Berlin. Meist sind es nur Männerrunden, aber bisweilen gelingt es auch Frauen, zugelassen zu werden, Frauen, vor denen Michel den höchsten Respekt hat, und die für ihn eine besondere Herausforderung sind. Sie reagieren anders als Männer, sie beobachten anders und sind schwerer auszurechnen. Und wenn sie verlieren, ist das für Michel wie eine Theatervorführung. Es hat für ihn einen besonderen Reiz, vorab zu spekulieren, wie sie ihren Verlust verarbeiten würden: Ob sie hochemotional, wütend oder den Tränen nahe den Spieltisch verlassen oder sich extrem cool, mit einem liebenswürdigen Lächeln verabschieden. Die Extreme und alle Zwischentöne kennt Michel.

Nicht sehr viel anders als am Spieltisch geht es, wie er immer wieder betont, im Kunstmarkt zu, was für ihn den besonderen Reiz gerade dieses Metiers ausmacht. Der Kunstmarkt sei vergleichbar, behauptet er, mit dem Finanzmarkt, wo sich wie im Kunsthandel Zocker, Spekulanten, Glücksritter, Scharlatane, Kriminelle, Hochstapler und die Reichen der Welt tummeln. Die Gesetze des freien Marktes regieren hier wie dort. Kunstwerke werden künstlich verknappt, um die Preise in die Höhe zu treiben, und viele Maler gieren danach, wie die Hersteller von Autos oder einer Gesichtscreme, in die Schlagzeilen zu kommen. Sie tun alles, um in der

Kunstwelt im Gespräch zu bleiben. Stirbt ein bekannter Künstler, hat das für den Kunsthändler oder den Besitzer eines Kunstwerks immer auch einen erfreulichen Nebeneffekt. Der Tod ist ein Freund des Kunsthändlers, er macht die Kunstwerke in seinem Besitz wertvoller.

Michel erinnert sich an den Fall von Picassos *Le Reve*. Victor Ganz hatte 1941 das Bild für 7.000 Dollar erworben. Auf einer Ganz-Auktion bei Christie's wurde es sechzehn Jahre später für über 48 Millionen Dollar wieder verkauft. Das ist eine Wertsteigerung, die auf dem Kapitalmarkt kaum zu erzielen ist und den Kunstmarkt für Kapitalanleger so überaus interessant macht – und natürlich auch für Galeristen und Kunsthändler.

Die Steigerung des Wertes eines Kunstwerkes ist im Allgemeinen, wie Michel aus langjähriger, eigener Erfahrung weiß, das Ergebnis mühevollen, akribischen Produktmarketings. Und Basis dieser Marketingaktivitäten ist das frühzeitige Entdecken von Trends, wie zum Beispiel auf den großen Kunstmessen wie *Art Basel* oder der *TEFAF* in Maastricht, der ‚grande dame aller Kunstmessen‘, wie Michel diese weltweit wichtigste Kunstschau respektvoll bezeichnet. Die Meinungsbilder der führenden Kunstexperten, die diese Messen besuchen, sind für ihn das, was für den Seemann der

Wind ist. Er nutzt ihn, um sein Schiff in verschiedene Richtungen zu lenken. Er steuert jedoch nie direkt dagegen.

Michel Angelo kennt die Mechanismen des Marktes aus dem Effeff und weiß, an welchen Schrauben zu drehen ist. Trotzdem, es bleiben noch eine Vielzahl von Unwägbarkeiten, die sich jeder Systematik entziehen. Es wäre für ihn ein reizvolles Unternehmen, einmal ein sicheres System zu entwickeln, das genaue Prognosen der Preisentwicklungen auf dem Kunstmarkt erlauben würde. Aber dazu hat er im Moment keine Zeit und muss dieses Projekt auf später verschieben. So viel aber ist gewiss, eine der entscheidenden Schrauben zur Erzielung eines überdurchschnittlichen Preises ist, den betreffenden Künstler permanent im Gespräch zu halten, einprägsame Events zu veranstalten und zu versuchen, um die Person des Künstlers eine Aura des Genies zu weben, die dem potentiellen Käufer langfristige Wertsteigerung und Sicherheit seiner Geldanlage verbürgt.

Michel Angelo ist dies mit David Dembruck geglückt, wie überhaupt die Einführung des geheimnisumwitterten Dembruck in den Kunstmarkt sein Meisterwerk darstellt und er voller Stolz auf sein menschliches Marketing-Produkt blickt. 500.000 Dollar hatte sein letztes Bild bei Christie's gebracht. Die Arbeit, die er investiert hat, ist belohnt worden.

Er denkt an die unendlich vielen persönlichen Gespräche mit Museen, Kunstsammlern und Anlegern, in denen er das Bild von Dembruck nicht nur als exzellente, künstlerische Arbeit, sondern auch als gute und perspektivische Geldanlage gepriesen hat, und er denkt auch an die Unzahl von Emails, die er in alle Welt verschickt hat, um auszuloten, welchen Preis die potenziellen Käufer bei der geplanten Auktion zu zahlen bereit sind.

Auch Alesi in Italien hatte er kontaktiert und ihm die Sache schmackhaft gemacht. Alesi hatte durch seine diversen, undurchsichtigen Geschäfte, die offenbar stetig und üppig Bargeld in seine Kasse spülten, gerade viel ›Cash in der Tüte‹, wie er sich ausgedrückt hat. Er war in der wichtigen Phase vor der eigentlichen öffentlichen Auktion, in welcher der Limitpreis eines Werkes austariert wird, bereit, mit einer hohen Summe in den Bieterwettbewerb einzusteigen. Mit Alesi im Rücken, der allerdings wegen geschickt eingestreuter ‚chandelier bits' des Auktionators, mit denen er den Preis nach oben trieb, im weiteren Bieterwettbewerb ausstieg, gelang es Michel den hohen Kaufpreis zu erzielen, der weit über dem Schätzpreis lag und selbst Christie's überrascht hat.

Der Käufer war ein anonymer Bieter, der Cash bezahlt hat. Um die Anonymität der Käufer zu schützen, ist der Kunstmarkt einer der wenigen

Märkte weltweit überhaupt, wo noch bar bezahlt werden kann. Insbesondere auf den asiatischen Märkten in Shanghai, Singapur, Tokio oder Hongkong, die in den letzten Jahren immer größere Bedeutung erlangten, und wo bereits ein großer Teil des offiziellen und inoffiziellen Kunsthandels abgewickelt wird, ist Barzahlung nicht unüblich. Natürlich lockt dies Schwarzgelder aus undurchsichtigen Kanälen an, und auch die weltweite Mafia hat dies als ein lukratives Aktionsfeld für sich entdeckt. Die Branche schweigt darüber vornehm, niemand fragt nach, niemand will wissen, woher die ungeheuren Summen stammen. Solche Gelder sickern reichlich in den Kunstmarkt und tragen dazu bei, die Preise in schwindelnde Höhen zu treiben.

Michel Angelo glaubt, auch Alesi schöpft sein Kapital aus unsauberen Quellen. Wie alle anderen Akteure spielt er aber das Match mit, ohne Skrupel zu entwickeln. Es ist ein Spiel, ein strategisches Spiel, das er beherrscht wie wenige. In diesem Spiel fühlt er sich als ein Jongleur, ein umtriebiger Luftnummernkünstler, der es liebt, die Spannung auf den Siedepunkt zu treiben und im letzten Augenblick, wenn der Absturz unabwendbar scheint, zuzupacken und in die Kuppel des Zirkuszeltes zurück zu schwingen und den Applaus auszukosten.

Er macht seine Einsätze, trotzt der Gefahr und gewinnt und verliert, wie beim Pokerspiel, das ihn fasziniert. Er ist der Überzeugung, das Wichtigste sei, eiserne Nerven zu behalten, immer etwas schneller, besser zu sein als der Gegenspieler, sich von der potenziell immer gegebenen Gefahr einer Niederlage nicht ablenken, sich nicht lähmen zu lassen, sich auf den kleinen Bereich des Spielgeschehens zu konzentrieren, den man beherrschen oder zumindest beeinflussen und manipulieren kann. Wer bei diesem Spiel erfolgreich sein will, muss sich hinter seiner Maske verbergen und gedankenschnell sein, er darf niemals aufgeben, sich durch nichts die Flügel beschneiden lassen, niemals – das Visier schließen, kämpfen und zustoßen, wenn es der Gegner am wenigsten erwartet, sonst ist die Chance auf Gewinn, auf den Sieg vertan.

Die Vernissage, wie jetzt in seiner Galerie, ist sein Einsatz, um Dembruck ins Gespräch zu bringen und zu halten, die Spannung auf seine Werke und seine Person aufzuladen und die Preisentwicklung zu befeuern.

Die Galerie *MichelAngelo* in der Braubachstraße ist zum Bersten voll. Michel hat kräftig die Werbetrommel gerührt. In den beiden wichtigen Tageszeitungen der Stadt sind wohlmeinende Vorabberichte veröffentlicht worden, die sich vor allem auf David Dembruck und die enorm gestiegenen Preise seiner Arbeiten bezogen haben.

Hannah steht seit einiger Zeit vor dem großen Foto von Dembruck und betrachtet es gebannt. Er ist groß und hat tatsächlich eine sympathische Ausstrahlung, wie Michel es behauptet hat. Allerdings erscheinen ihr seine rundlichen Gesichtszüge etwas ausdruckslos, was sie darauf zurückführt, dass die Gesichtshaut kaum Lebensspuren zeigt. Sie ist nahezu faltenlos, was in diesem Lebensalter nicht erwartbar war. Oder hat er sein Gesicht liften lassen? Das wäre allerdings seltsam für einen solch öffentlichkeitsscheuen Menschen, sagt sie zu sich. Buschige, waigelsche Augenbrauen beschirmen unerwartet warme, sympathische und neugierige Augen. Ein auffallendes Muttermal fließt, ähnlich dem Mal von Gorbatschow, wie ein auslaufender See von der Geheimratsecke auf der rechten Seite bis zum Stirnansatz. Es sieht aus, als habe jemand Himbeersirup über seinen Kopf gekleckst, denkt Hannah bei sich.

Als sie Michels Stimme im Rücken hört, löst sie sich von dem Foto und blickt zu dem kleinen provisorischen Rednerpult, hinter dem ihr Mann steht und im Begriff ist, seine Gäste zu begrüßen:

»Lieber Kulturdezernent, liebe Kunstfreundinnen und Kunstfreunde, liebe Vertreter der Medien, ich darf sie ganz herzlich begrüßen und freue mich über das Interesse, das – und ich denke darin stimme ich mit den meisten Anwesenden überein –

in erster Linie David Dembruck gilt. Und das mit Recht. Ich habe die große Freude, Ihnen drei neue Werke von Dembruck präsentieren zu können, drei ungewöhnliche Werke, die, so meine ich, viel Gesprächsstoff liefern werden. Und ich kann Ihnen den Künstler selbst vorstellen, wenn auch nur auf einem Foto, das ihn in seinem Atelier mit den drei neuen Werken im Hintergrund zeigt. Sie sehen die Fotografie an der Wand mir gegenüber hinter meiner hübschen, reizenden Frau«, sagt er in seinem exaltierten Sprachduktus, den er häufig in der Öffentlichkeit anzuwenden pflegt. Er winkt ihr zu und nickt lächelnd mit dem Kopf. Alle Augen richten sich auf Hannah und das hinter ihr hängende Foto, das Dembruck in Lebensgröße zeigt. Leon schaut zu seiner Mutter, um zu sehen, wie sie auf das vor allen Besuchern ausgesprochene Kompliment reagiert. Er selbst findet es affig und es berührt ihn peinlich. Die Mimik seiner Mutter lässt nicht erkennen, was in ihrem Kopf vor sich geht.

»Die drei neuen Werke sind ein Frauenporträt mit dem Titel ›Ave Eva‹, Öl auf Leinwand, Größe: dreißig mal vierzig Zentimeter und zwei großformatige Bilder, ebenfalls Öl auf Leinwand: ›Liegender weiblicher Akt auf lila Kissen‹ und ›Liebe‹. Alle drei Werke sind in diesem Jahr entstanden und kreisen um *ein* Thema: Gefühle, Sexualität, Psyche und Charakter der Frau.

›Wenn ich Porträts male, geht es mir nicht darum, das Äußere eines Menschen, den Rang oder die Attribute seiner geistlichen oder weltlichen Prominenz oder bürgerlichen Provenienz festzuhalten, ich suche vielmehr in einem Gesicht, einem Mienenspiel, in Gebärden den Menschen dahinter zu erraten, um dies in meiner Bildsprache als Summe eines Lebewesens in einem Gedächtnisbild wiederzugeben.‹ Das sagte Oskar Kokoschka über seine eigenen Porträts. Ich denke, das trifft auch auf die Porträtmalerei von David Dembruck zu.

Das Porträt ›Ave Eva‹ gewährt uns einen tiefen Blick in die Psyche dieser Frau und seziert schonungslos deren innere Zerrissenheit. Der verlorene, verletzliche Blick, mit dem sie uns anschaut, öffnet uns ihr Inneres und enthüllt uns, zusammen mit der dramatischen Farbgestaltung des Gesichts, ein traumatisches Erlebnis aus der Vergangenheit, das sie geprägt hat und das in ihr arbeitet. Geben Sie sich der Charakterstudie hin und lassen Sie sich von der Leidenschaft, die von dem Bild ausgeht, gefangen nehmen.

›Liegender weiblicher Akt auf lila Kissen‹ offenbart Dembrucks tiefes Verständnis für die Sexualität der Frau. Seine außergewöhnlichen zeichnerischen und malerischen Fähigkeiten machen es ihm möglich, mehr als nur den nackten weiblichen Körper abzubilden. Ihm gelingt es, das Gefühl, das wahre Wesen der Weiblichkeit darzustellen. Ganz im Geiste von Klee, der sinngemäß sagte: Kunst gibt nicht das Sichtbare wieder, sondern macht sichtbar. Die Maler, die sich an liegenden weiblichen Akten versucht haben, sind schier unzählbar. Ich möchte nur an einige herausragenden Arbeiten aus der Kunstgeschichte erinnern wie Castelfrancos *Schlummernde Venus*, Tizians *Venus von Urbino*, Vélazquez' *Venus vor dem Spiegel*, Goyas *Die nackte Maja*, Manets *Olympia*, Klimts *Liegender Frauenakt nach rechts* oder Modiglianis *Liegender Frauenakt auf weißem Kissen*. In diese Reihe lässt sich der Akt von Dembruck einordnen. Er porträtiert ungeschminkt die sexuelle Lust, die eine Frau allein oder mit einem Partner erlangen kann und erinnert damit an Klimt, dessen Akte Frauen zeigen, die sich in ihrer eigenen Fantasiewelt zwischen Traum und Wirklichkeit verlieren. Mit der offenen Darstellung einer masturbierenden Frau konfrontiert uns Dembruck mit einer modernen, unabhängigen und selbstbewussten Frau, für die intensive sexuelle Lust selbstverständlicher Teil ihrer Weiblichkeit ist.

Das Bild, dem Dembruck den Titel ›Liebe‹ gab, zeigt ein älteres, nacktes Paar, das engumschlungen auf einer Wiese liegt, und im Vordergrund einen bekleideten jungen Mann, der zu dem Liebespaar blickt. Das Bild lässt den Betrachter zum Voyeur werden. Von dem Mann im Vordergrund wird unser Blick auf die intime Situation gelenkt. Das Paar scheint dem Jüngling und uns zu sagen: ›Wir haben nichts zu verbergen. Sieh nur her, so bist du, so ist die Menschheit entstanden. Sexualität ist nichts Geheimnisvolles.‹ Der Jugendliche schaut dem nackten Paar mit gemischten Gefühlen zu. Er will sich abwenden und wird doch von der Nacktheit des Paares angezogen und gefesselt. Ob wir wollen oder nicht, das Bild zwingt uns zur Auseinandersetzung mit dem Thema Liebe und Sexualität. Dürfen sich Menschen, die nicht mehr der Jugend zuzurechnen sind, nackt in der Natur dem Liebesspiel hingeben? Wie weit darf Sexualität überhaupt in die Öffentlichkeit gezerrt werden? Wo sind die Grenzen zwischen Privatem und Öffentlichem? Bedarf Liebe, zumal körperliche Liebe, nicht der Intimität?

Mit diesen kurzen Anmerkungen will ich Sie nun sich selbst überlassen. Machen Sie sich ein Bild von den Werken. Ich danke Ihnen sehr für Ihre Aufmerksamkeit.«

Hannah hat konzentriert zugehört. Wie immer hat Michel mit wenigen Worten die Bilder ikonographisch seziert und das Wesen der Bilder herausgearbeitet, und er hat die Neugierde geweckt. Sie fragt ihren Sohn, der sich zu ihr gesellt und mit ihr die Bilder betrachtet hat, wie sie ihm gefallen.

»Sie sind großartig gemalt und sehr ausdrucksstark«, sagt er. »Der Blick, die Augen bei dem Frauenporträt erinnern mich etwas an dich, aber das mag Zufall sein. Mich berühren die Bilder sehr und ich glaube zu wissen, was Dembruck bewegt hat, als er sie gemalt hat, auch wenn ich seine sexuellen Empfindungen nicht teilen kann.«

»Sie sind sexuell sehr aufgeladen, das sehe ich auch so. Vielleicht sogar etwas zu viel Nacktheit um der Nacktheit willen. Nackte Frauenkörper, die früher nur mythologisch verbrämt gezeigt werden durften, werden heute unverhohlen am Rand des Pornografischen präsentiert. Anscheinend gefällt es den Männern so.«

»Gefällt dir ein schöner Frauenkörper nicht?«

»Doch schon. Aber ich denke, manche Posen oder sexuelle Handlungen, wie zum Beispiel Masturbation oder der Geschlechtsakt selbst, können auch dezenter aufs Papier gebracht werden, ohne dass dadurch die erotische Aufladung eines Bildes an Stärke verliert«, sagt Hannah nachdenklich.

Oskar Dux, der Kulturdezernent, geht auf Mutter und Sohn Angelo zu und begrüßt sie überschwänglich.

»Ein großer Künstler, dieser Dembruck. Wirklich erstaunlich. Michel hat in Sachen Kunst ein gutes Händchen, das habe ich immer schon gewusst. Dembruck ist ein wirklich bedeutender Maler ... Darf ich dich übrigens bekannt machen mit François Riche? Er ist ein glühender Verehrer von dir.«

Hannah betrachtet den Mann mittleren Alters, der neben Dux steht. Hochaufgeschossen, für Hannas Geschmack etwas zu hager, blonde Haare und Augenbrauen, pastöse, blaue Augen. Sie begrüßt ihn, und er drückt mit seiner knochigen Hand so fest, dass es ihr weh tut und sie einen Schmerzensschrei gerade noch unterdrücken kann.

»Sehr erfreut, Sie kennenzulernen, Madame Angelo. Ich bin begeistert von Ihrem neuen Buch.«

»Du musst wissen, Hannah«, schaltet sich Dux noch einmal ein, »Monsieur Riche hat einen Kunstbuchverlag in Paris und zeigt deswegen auch aus geschäftlichen Gründen Interesse an deinem Buch.«

»Ich wollte, wie sagt man in Deutschland, nicht gleich mit der Tür ins Haus fallen. Aber Herr Dux hat Recht. Ich würde ihr Buch gerne übersetzen lassen und es in Frankreich publizieren.«

»Ich freue mich, dass Ihnen mein Buch gefällt und Sie es in Frankreich publizieren wollen.«

Hannah stellt ihm Leon vor.

»Wenn Sie noch ein paar Tage hier in der Stadt sind, Monsieur Riche, könnten wir in den nächsten Tagen einen Termin bei uns im Verlag in der Bockenheimer Landstraße vereinbaren«, sagt Leon, sehr erfreut darüber, dass auch das Ausland an den Arbeiten seiner Mutter interessiert ist.

»Sehr gut. Ich habe hier noch eine Woche zu tun. Ich hätte also Zeit. Ich hoffe, Sie, Madame Angelo, sind bei der Besprechung auch dabei sein. Ich hätte noch ein paar Fragen zu der Entstehung der Fotografien«, sagt er mit einem schüchternen Lächeln im Gesicht und starrt Hannah an, wie ein Teenager, der seinem großen Idol begegnet.

»Ja, ich bin bei dem Treffen dabei. Wenn Sie Fragen zu dem künstlerischen Hintergrund der Bilder selbst haben, stehe ich Ihnen natürlich gerne zur Verfügung. Vom Geschäftlichen verstehe ich nicht viel. Das müssten Sie mit meinem Sohn besprechen«, sagt Hannah und versucht seinem durchdringenden Blick auszuweichen.

»Das ist sehr freundlich von Ihnen, Madame Angelo ...«

Hannah spürt, dass er noch etwas sagen will und sieht ihn fragend an.

Er zögert, lächelt sie vielsagend an und entschließt sich schließlich zu einem nichtssagenden Satz: »Ich freue mich sehr, Sie wiederzusehen und hoffe, dass wir uns einig werden.«

»Das hoffe ich auch, Monsieur Riche.«

»Gut, dann wäre das ja geregelt«, greift Dux wieder in das Gespräch ein. »Was *ich* dir noch sagen wollte, Hannah, ist etwas anderes. Meine Frau gibt am nächsten Wochenende einen kleinen Empfang. Wir wollen dich und Michel gerne dazu einladen. Ich hoffe, ihr habt Zeit.«

»Was mich angeht, sehe ich keine Probleme. Den Terminkalender von Michel kenne ich allerdings nicht auswendig.«

Dux nickt und bahnt sich, links und rechts Hände schüttelnd, einen Weg durch die Menge, um Michel zu suchen.

4

Dora Angelo betritt das Café Laumer in der Bockenheimer Landstraße. Es ist gut besucht. Sie liebt die behagliche und private Atmosphäre des Cafés. Es bietet einen Mittagstisch mit einer kleinen Auswahl von Gerichten an und liegt nicht weit entfernt von ihrer Wohnung im Westend, die ihr Michel gekauft hatte. Eine viel zu große Fünf-Zimmer-Wohnung für eine alleinstehende Frau, die die Achtzig schon überschritten hat. Was sollte sie mit zwei Bädern und zwei Toiletten anfangen? Immerhin musste sie nicht selbst putzen. Fürsorglich hatte Michel für seine Mutter eine Zugehfrau für die Wohnung eingestellt.

Dora trägt eine dreifach um den Hals geschlungene Perlenkette, die sie von ihrem Mann zur Hochzeit geschenkt bekommen und über die schlechten Zeiten nach dem Krieg gerettet hatte. Ein elegantes, blassblaues Maßkostüm kaschiert geschickt die ihrer Meinung nach unvorteilhaften Partien ihrer Figur.

Dora hält nach Desirée Leuschner Ausschau. Sie hat sich mit ihrer Jugendfreundin, die lange Zeit in Australien gelebt hat und nun wegen gesundheitlicher Probleme nach Deutschland zurückgekehrt ist, zum Mittagessen verabredet. Von einem Ecktisch im hinteren Teil des Raumes winkt ihr Desirée zu. Dora erkennt sie sofort wieder. Sie haben sich seit ihren Jugendzeiten in Danzig-Langfuhr, wo sie gemeinsam zur Schule gingen, nicht mehr gesehen. Sie wohnten dort, nur ein paar Häuser voneinander entfernt, in der Adolf-Hitler-Straße und verbrachten in ihrer Jugendzeit viele Stunden zusammen am Zoppoter Strand und auf dem Tanzparkett. Sie tanzten beide leidenschaftlich gern, am liebsten zusammen. So konnten sie sich, ohne auf männliche Erwartungshaltungen Rücksicht nehmen zu müssen, im Rhythmus der Musik austoben und der ungebändigten, jugendlichen Energie ihrer Körper freien Lauf lassen.

Die Jugendfreundinnen umarmen sich herzlich und es ist fast so, als ob sie die Zeitspanne von bald sechzig Jahren, die ihrer beider Leben zwischen Jugend und Alter gefüllt hatte, mit einem Federstreich weggewischt hätten.

Nach dem Essen lädt Dora ihre alte Freundin zu sich nach Hause ein. Sie fühlen sich auf Anhieb wieder vertraut miteinander und breiten ungeniert ihr gelebtes Leben voreinander aus. Banales, Vertrauliches, Intimes.

»Desirée, erinnerst du dich noch an Andreas, dem ich nach der Mittleren Reife nach Berlin gefolgt bin?«

»Ja, sehr gut. Denn ich war damals bitter enttäuscht von dir, dass du mich wegen eines Mannes im Stich gelassen hast. Hatten wir uns doch hoch und heilig versprochen, nie auseinander zu gehen. Weißt du noch?«

»Ich erinnere mich. Du hast geweint und mir Untreue vorgeworfen und geschworen, dass du nie in deinem Leben einem Mann nachlaufen würdest. Hast du deinen Schwur gehalten?«

Desirée lacht.

»Ja, ich habe meinen Schwur gehalten. Männer haben mich nie interessiert. In Australien, wohin ich nach dem Einmarsch der Russen in Danzig ausgewandert bin, hatte ich eine Lebenspartnerin gefunden, mit der ich bis zu ihrem Tod zusammengelebt habe. Ich war damals in Danzig schrecklich in dich verliebt gewesen. Aber sag, wie ist es dir ergangen mit diesem Andreas? Was hat er gemacht? Lebt er noch?«

Dora, die in letzter Zeit kaum Gelegenheiten gehabt hat, von früher zu erzählen, lässt sich nicht zweimal bitten. Die verdrängten und verschütteten

Erlebnisse aus ihrer Jugendzeit dringen mit Macht wieder in die Gegenwart zurück.

»Als ich im November 1939, die Polen waren gerade besiegt worden, mit dem Zug von Danzig nach Berlin zu Andreas gefahren bin, ist auf der Fahrt etwas passierte, was sich mir tief eingebrannt und mein Weltbild ins Wanken gebracht hat. Die Hakenkreuze, denen wir damals zugejubelt haben – erinnerst du dich noch? – haben seit dieser Zeit ihren Glanz verloren. Im gewissen Sinn hat das Erlebte auch mein Verhältnis zu Andreas berührt.

In einem Kaff mitten in Polen musste der Zug aus irgendeinem Grund halten und wir Fahrgäste wurden aufgefordert, den Zug zu verlassen. Ich wurde dort Zeuge eines entsetzlichen Verbrechens. Es war früh am Vormittag vor einer Schule. Deutsche SS-Soldaten stürmten das Gebäude. Die Befehle der Deutschen waren schneidend und gingen mir durch Mark und Bein. Ich war ja erst siebzehn Jahre und hatte noch keine Ahnung von der Bösartigkeit der Welt. Erinnerst du dich noch, wie wir zusammen mit all den anderen gejubelt hatten, als überall die Hakenkreuzfahnen in Danzig auftauchten? Die Deutschen zerrten die Lehrer aus den Klassenzimmern und ließen sie im Hof in einer Reihe antreten. Ihnen gegenüber wurden die Kinder gezwungen sich aufzustellen. Als das letzte Kind aufgehört hatte zu weinen, erschossen die SS-Leute einen

Lehrer nach dem anderen. Vor den Augen der Kinder, die genötigt worden waren zuzusehen. Die SS war leidenschaftlich-heißblütig und emotionslos-kaltblütig zugleich am Werke. Es war entsetzlich und machte mir mit einem Schlag klar, was Hitler mit seinem Krieg bezweckte. Es war reiner Terror, ein Vernichtungsfeldzug. Du kannst dir vorstellen, wie mir zumute war, als ich schließlich in Berlin ankam.«

Dora unterbricht ihre Ausführungen, putzt sich die Nase und nimmt einen Schluck aus ihrer Kaffeetasse.

»Andreas holte mich am Bahnhof ab und umarmte mich zärtlich. Ich versuchte, das entsetzliche Erlebnis aus meinem Kopf zu vertreiben und erzählte Andreas von dem Massaker. Er spielte es herunter und rechtfertigte es mit dem Krieg, wo leider Entsetzliches passieren würde. Ich wüsste letztlich doch auch nicht, was die Lehrer verbrochen hätten. Ich sollte mich lieber aus solchen Dingen heraushalten, empfahl er mir. Ich konnte nicht begreifen, wie er so reden konnte. Später wurde mir dann klar, wes Geistes Kind er war.

Ich konnte das Geschehen nicht vergessen, aber nach einiger Zeit verblasste es. Es erschien mir albtraumartig, unwirklich angesichts dieser brodelnden und lebenslustigen Stadt. Andreas hatte mir eine kleine Wohnung besorgt und auch bezahlt. Er hatte mir eine Lehrstelle als Buchhändlerin be-schafft. Er war wirklich liebevoll um mich besorgt und erleichterte mir den Anfang in dieser großen Stadt. Er war knapp fünfzehn Jahre älter als ich. Er hatte bereits Karriere gemacht, war Leiter eines Museums, beriet die Nazis bei ihren Kunstkäufen und war zuständig für den Verkauf der als entartet abgestempelten Kunst im Ausland. Er verscherbelte diese Bilder und zunehmend auch Bilder von enteigneten Juden auf den großen Kunstauktionen in der Schweiz und anderswo. Er war offenbar sehr erfolgreich, verdiente gut und war sehr viel unterwegs. So wie heute mein Sohn, der, wie sein Vater Kunsthändler geworden ist. Die ersten Jahre in Berlin waren eigentlich eine glückliche Zeit, vielleicht sogar die glücklichste meines Lebens. Ich denke, dass auch Andreas damals verliebt und zufrieden mit seinem Leben war. Abgesehen vielleicht von einem einzigen kleinen Problem, das Andreas damals hatte.«

Dora unterbricht sich und sieht Desirée schmunzelnd an.

»Du wirst es nicht glauben, er litt erbärmlich unter seiner Körpergröße. Es mag heute lächerlich klingen, aber in einer Zeit, in der SS-Gardemaße gefragt waren, war es fast schon ein Kainsmal, dass bei ihm das Wachstumshormon bei einem Meter fünfundsechzig plötzlich seine Wirksamkeit verlor.

Und, du glaubst es nicht, er versuchte das Manko zu kompensieren, indem er sich spezielle Schuhe mit unsichtbar erhöhten Absätzen anfertigen ließ, und mich bat, nur flache Schuhe zu tragen, da ich ihn sonst überragen würde. Vielleicht war auch sein übertrieben zackiges und teilweise devotes Auftreten, wenn er mit Nazigrößen zu tun hatte, eine Folge dieses von ihm empfundenen Makels.

Von Heirat wollte er lange Zeit nichts wissen, obwohl ich seit langem auf einen Antrag wartete. Und dann musste etwas geschehen sein, was seine Meinung änderte. Völlig unerwartet kam er eines Abends, es war im Dezember 1942, nach Hause, kniete vor mir nieder und fragte mich, ob ich seine Frau werden wolle. Mein Herz hüpfte vor Freude und ich hauchte ohne weitere Überlegung ein Ja in sein Ohr. Wir bekamen sehr schnell einen Termin beim Standesamt und zogen in eine schöne Villa nach Potsdam. 1943 brachte ich mein Kind zur Welt. Es war nicht ...«

Dora beendet den angefangenen Satz nicht. Sie blickt geistesabwesend durch Desirée hindurch. Sie schüttelt den Kopf und spricht dann nach einer kurzen Pause ruhig weiter.

»Ich nannte es Michel, obwohl das eigentlich nicht unbedingt mein bevorzugter Jungenname war. Aber ich dachte mir, wenn man schon einen so

wohlklingenden Nachnamen hat, den er seinem Ur-
großvater, einem angesehenen italienischen Kauf-
mann, der nach Deutschland ausgewandert war, zu
verdanken hat, dann sei das der einzig passende
Vorname für mein hoffnungsvolles Söhnchen.

Es war inzwischen Anfang 1945 – und der Krieg
nicht mehr zu gewinnen –, als der große Donner-
knall kam, der mein Leben von Grund auf änderte.
Ich war den Tag über mit Michel unterwegs und als
ich am Spätnachmittag nach Hause kam, fand ich einen Brief, in dem mir mein Mann mitteilte, dass er
große Schuld auf sich geladen habe, diese nicht
mehr ertragen könne und aus dem Leben scheiden
werde. Er wolle mich schonen und werde deswegen seinem Leben an einem unbekannten Ort ein
Ende setzen. Du kannst dir vorstellen, was in mir
vorging. Ich war untröstlich und schrecklich,
schrecklich einsam. Ich hatte nun nur noch Michel.
Und ich war verstört über solch ein Verhalten. Ich
habe nie erfahren, was damals passiert sein könnte.
Über den Brief habe ich bisher mit keiner Menschenseele gesprochen.«

Dora steht plötzlich auf, geht zu einem Schrank
im Wohnzimmer, kramt lange in einer der Schubla-
den und kommt mit einem Zeitungsausschnitt zurück.

»Sieh' dir das mal bitte an.«

Es ist eine US-amerikanische Zeitung. Dort steht eine kleine Notiz, dass der Kunsthändler Andrew Angel in New York gestorben sei. Daneben ist der Verstorbene abgebildet. Desirée betrachtet das Bild.

»Ist das dein Mann?«

»Ja, das ist der Selbstmörder!«, sagt sie und in ihrer Stimme klingt immer noch die Wut und Enttäuschung nach.

»Das ist unglaublich! Er hat sich einfach aus dem Staub gemacht! Es muss ja etwas Furchtbares gewesen sein, das ihn bewogen hat zu verschwinden, um von den Siegern nicht geschnappt und verurteilt zu werden. Und du hast keine Ahnung, was es gewesen sein könnte?«

»Nein, keine Ahnung, und ich will es, ehrlich gesagt, auch gar nicht wissen. Es ist schon lange her. Auch die Zeitung ist schon über fünfzehn Jahre alt.«

Desirée sieht, ungläubig den Kopf schüttelnd, auf das Bild.

»Sah gut aus, dein Andreas.«

»Ja, aber ansonsten ... Wer sich so verhält, mit dem will ich, wie du dir vorstellen kannst, nichts mehr zu tun haben. Ich hätte es wissen müssen nach seiner Reaktion auf das Massaker in Polen. Aber ich war blind, so blind. Und überhaupt, damals lief so manches nicht, wie ich es mir wünschte. Andreas war immer sehr viel unterwegs und ich fühlte mich oft einsam ...«

Dora unterbricht sich und schaut fragend zu Desirée.

»Darf ich dir noch ein großes Geheimnis verraten, wenn ich schon dabei bin, meinem Herzen Luft zu machen? Du musst mir aber hoch und heilig versprechen, es niemals zu verraten, insbesondere nicht meinem Sohn.«

»Ich verspreche es dir. Du kannst dich auf mich verlassen.«

»Ich sagte vorhin, dass Andreas so lange mit seinem Heiratsantrag gewartet hat. Er hat damals nicht nur gezögert, mich zu heiraten, sondern er hat mich in dieser Zeit auch sexuell ziemlich vernachlässigt. Er hatte nichts anderes im Kopf als seine Karriere. Und da ist es passiert. Ich hatte eine kurze Affäre mit einem verheirateten Mann und bin schwanger geworden. Andreas hatte keine Ahnung von meiner Schwangerschaft, als er den Heiratsantrag stellte. Ich habe mich also nicht nur gefreut, dass er sich endlich zu einer Heirat durchgerungen hat, sondern auch darüber, dass mein zukünftiges Kind in einer Familie aufwachsen würde. Denn ich hatte die Beziehung zu dem Mann in der Zwischenzeit schon lange abgebrochen und ich wusste nicht, wie ich mich nun weiter verhalten sollte. Ich könnte

Andreas sagen, dass ich von ihm schwanger bin, dann würde ich ihn unter Druck setzen, mich zu heiraten, was ich vermeiden wollte. Oder ich würde ihm beichten, dass das Kind von einem anderen Mann ist. Mit großer Wahrscheinlichkeit hätte er mich dann verstoßen. Als ich dann Andreas kurz nach der Hochzeit sagte, dass ich schwanger bin, war er sehr glücklich und er verschwendete natürlich keinen Gedanken daran, dass das Baby in meinem Bauch eventuell nicht von ihm stammen könnte. Ich habe ihm meinen Fehltritt nie gebeichtet und ich habe auch Michel nie gesagt, dass Andreas nicht sein leiblicher Vater ist. Er war so stolz, einen Kunsthändler als Vater gehabt zu haben. Und ich wollte ihm diese Illusion lassen. Aber ich habe einen fingierten Brief an ihn geschrieben, eigentlich nur um mich zu erleichtern. Ich habe ihn an einem Ort versteckt, an dem er ihn mit Sicherheit nicht finden wird....

Aber ich rede und rede. Sag, wie war das eigentlich bei dir damals? Du warst doch noch in Danzig, als die Russen kamen? Weißt du vielleicht, wo das Grab meiner Eltern ist? Ich habe es bis heute nie erfahren. Ich weiß nur, dass sie ebenfalls Selbstmord, ich meine *wirklichen* Selbstmord, begangen haben.«

»Ja, es stimmt, beide haben sich das Leben genommen«, beginnt Desirée zu erzählen. »Dein Vater hatte aus dem Ersten Weltkrieg noch eine Pistole. Sie haben sich erschossen, als dein Vater einen Einberufungsbescheid zum Volkssturm bekommen hatte. Er wollte, so habe ich gehört, deine Mutter nicht alleine lassen. Da haben sie offenbar gemeinsam diese Entscheidung getroffen. Es war etwa ein Monat, bevor die Russen nach Danzig einmarschierten. Man erzählte sich damals überall furchtbare Dinge über die barbarischen Russen, die Frauen wahllos vergewaltigen und die Männer, die nicht im Krieg oder in Gefangenschaft waren, ermorden oder in die Sowjetunion verschleppen und versklaven würden. Viele Danziger haben damals Selbstmord begangen. Deine Eltern liegen übrigens auf dem Friedhof in Langfuhr. Wie es heute dort aussieht, weiß ich allerdings nicht.«

»Ich werde es wohl nicht mehr schaffen, dort hinzufahren«, sagt Dora, »aber erzähl' doch bitte, wie es dir selbst und deiner Mutter in dieser schweren Zeit ergangen ist, als die Russen kamen? Bevor jedoch du redest, hole ich uns noch einen Sherry. Diese alten Erlebnisse werden wieder so schrecklich lebendig, da braucht man etwas zur Beruhigung.«

Desirée stimmt ihr zu und Dora holt eine Flasche und zwei Gläser. Sie prosten sich zu, innerlich bewegt von den vom langen Leben verschütteten Ereignissen ihrer Jugendjahre, die gerade wieder an die Oberfläche gespült werden.

»Meine Mutter konnte an Selbstmord nicht denken. Sie wollte ihre Tochter, so weit möglich, beschützen und ihr ein Leben nach dem Krieg ermöglichen. Ich war damals zweiundzwanzig Jahre alt. Wir mussten der Dinge harren, die da kommen würden. Als es so weit war und die russischen Soldaten in unser Haus stürmten, hatten wir zwei uns im Keller versteckt. Sie brachen die Tür auf, rissen mich aus den Armen meiner Mutter, stießen sie mit ihren Gewehrkolben zu Boden und vergewaltigten mich vor ihren Augen. Als sie schließlich von mir abließen, erinnerten sie sich offenbar an die auf dem Boden kauernde Frau und fielen auch über sie her wie Tiere, und ich musste hilflos zusehen. Meine Mutter hat die Misshandlungen der Soldaten nicht überlebt und starb zwei Tage später.«

Desirée schießen Tränen in die Augen und sie kann nicht mehr weiter reden. Dora geht zu ihr und nimmt sie wortlos in die Arme.

Als Dora ihre Freundin in den Armen hält, muss auch sie, von Gefühlen überwältigt, weinen. Die erniedrigenden, eigenen Erlebnisse beim Einmarsch der Russen in Berlin, über die sie aus Scham noch nie mit jemandem gesprochen hat, kommen ihr wieder ins Bewusstsein und drängen nach draußen.

»Als die Russen in Berlin einmarschierten, hatte ich mich mit meinem noch nicht zwei Jahre alten Kind auf dem Dachboden meines Hauses in Potsdam versteckt. Ich hatte aber mehr Glück als deine arme Mutter. Als die betrunkenen Soldaten mich entdeckten, stürzten sie sich auf mich und versuchten, mir die Kleider vom Leibe zu reißen. Michel, der in einer Ecke des Verschlags lag, fing an zu weinen. Überrascht über die Anwesenheit eines kleinen Kindes, richteten sich alle Augen auf den Jungen. Einer der Soldaten sagte etwas zu seinen Kameraden auf Russisch. Die Wirkung seiner Worte war verblüffend. Auf das Gesicht der Soldaten legte sich ein weicher Zug. Sie ließen plötzlich von mir ab. Diese grobschlächtig aussehenden Männer legten mir Michel in die Arme, stupsten ihn auf die kleine Nase, streichelten ihm über das fast kahle Köpfchen, grinsten und zogen von dannen.«

»Glück gehabt. Und wie hast du es dann von Berlin nach Frankfurt geschafft?«

»Nun, mein Koffer stand schon lange gepackt in der Wohnung, darin die wichtigsten Dinge zum Leben. Meine Briefe und Dokumente und einige der ja recht wertvollen Bilder aus den Beständen meines Mannes, die ich aus den Rahmen genommen hatte, und mit denen ich gedachte, in der ersten Zeit nach dem Krieg zu überleben. Mir war klar, dass unser Haus beschlagnahmt werden würde, wie alle größeren Villen um den Wannsee herum. Die Sieger vermuteten in diesen Häusern Nazis und viel Wertvolles, was zu Geld gemacht werden konnte. Das waren sicher auch keine ganz falschen Vermutungen. Andreas und mit ihm viele unserer Nachbarn waren überzeugte Nazis und hielten bis zum Schluss des Krieges zu Hitler. Ich selbst aber habe mich nie viel um Politik gekümmert. Nach diesen schrecklichen Erlebnissen mit den russischen Soldaten habe ich dann Hals über Kopf das Weite gesucht. Ich hatte eine gute Bekannte in Frankfurt, zu der ich die ersten Monate gezogen bin. Ich bekam dann zunächst eine Stelle als Sekretärin und etwas später als Bibliothekarin, bei der mir meine Buchhändlerausbildung nützlich war. Neben den Bildern war das mein zweites finanzielles Standbein, und ich kam so ganz gut über die Runden.«

Die beiden treffen sich nach dieser ersten Begegnung häufig und nach einem halben Jahr bietet Dora ihrer Freundin an, bei ihr einzuziehen. Das Jetzt und die Zukunft beginnen bei Dora wieder mehr Raum einzunehmen und drängen die Vergangenheitserinnerungen, die immer wieder machtvoll in ihr Leben eingegriffen haben, zurück. Sie fühlt sich in der Wohngemeinschaft mit Desirée freier, unternehmungslustiger und weniger abhängig von ihrer Familie.

Die Lebensjahre fließen seit dem Auftauchen von Desirée ruhig und vorhersehbar dahin, so als würde die Welt sich nicht weiter drehen und die Zeit sich eine Ruhepause gönnen. Dieser stetige Fluss der Jahre wird jäh unterbrochen, als Desirée Leuschner unerwartet an einem Herzversagen stirbt. Dora ist zutiefst erschüttert und verliert jegliche Lust am Leben. Ihre Familie spürt, dass sie aus dieser Depression nur schwer wieder herausfinden würde. Dora verbarrikadiert sich in ihrer Wohnung, will niemanden sehen und hören. Es scheint, als lege sie sich nach Indianerart zum Sterben hin und erwarte geduldig ihren Tod. Ihre Gedächtnisleistungen, die bisher gut waren, lassen rapide nach. Die Welt verschwindet aus ihrem Kopf, und es ist nur eine Frage der Zeit, wann sie selbst aus der Welt gehen würde. Hannah organisiert die Pflege. Rund um die Uhr wird Dora in ihrer gewohnten Umgebung, die sie sich rigoros und kompromisslos weigert zu verlassen, von Pflegekräften betreut. Sie ist ansonsten gutmütig und folgsam wie ein kleines Kind. Wenn Michel, Hannah oder ihr Enkel Leon bei ihr sind, schaut sie mit ihren wässrigen Augen dankbar lächelnd vor sich hin und man spürt, dass sie mit ihren Gedanken weit weg ist.

Einige Monate nach dem Ableben ihrer Freundin stirbt auch Dora. Sie verlässt die Welt, der sie schon seit geraumer Zeit nicht mehr angehört hat, auf leisen Sohlen. Der Tod hat das in Sprache aufgehobene Leben mitten im Satz unterbrochen und für immer verstummen lassen.

5

Michel und Hannah rücken in der Zeit der Trauer näher zusammen. Michel unterbricht sein rastloses Leben und sie reden wieder, wie früher, viel miteinander. Die gemeinsamen Abende zu Hause sind von inniger, auch körperlicher Zuneigung und großer gegenseitiger Achtung erfüllt. Gemeinsam machen sie sich auch daran, die Wohnung der Mutter aufzulösen und lassen sich bei dem einen oder anderen Foto und Erinnerungsstück gern in die Vergangenheit zurückfallen.

Aber bei all diesen Beschäftigungen mit dem Leben und den privaten Dingen der Mutter, beim Lesen ihrer Briefe und Notizen, ebenso wie auch beim Prüfen ihrer Versicherungen, befallen Michel und mehr noch Hannah immer auch unangenehme, beklemmende Gefühle. Sie spüren durchaus das voyeuristische Moment, das ihrem Tun innewohnt. Dora ist tot und kann sich nicht mehr wehren oder Einspruch erheben. Andererseits hat das Blättern in der Vergangenheit eines Menschen, den man gut zu kennen glaubt, auch seinen Reiz, wie jeder Voyeurismus, und wird begleitet von der Neugier auf unentdeckte Facetten dieses Menschen, aber ebenso auch von der Furcht etwas zu entdecken, ein intimes Geheimnis zu lüften, das unentdeckt bleiben, das den noch Lebenden nicht anvertraut werden will.

In einer großen Holztruhe, die im Schlafzimmer der Mutter steht und mit einem flauschigen Lammfell abgedeckt ist, findet Michel mehrere Briefe und in einer Mappe sorgfältig abgeheftete Zeitungsausschnitte. Die meisten betreffen ihn selbst und zeigen ihn zu verschiedenen öffentlichen Anlässen. Auf dem Boden dieser Truhe liegen vier sorgfältig verpackte Rollen. Er rollt sie auf und starrt fassungs- und atemlos auf das, was er da sieht. Augenblicklich ist ihm bewusst, was vor ihm ausgebreitet auf dem Bett seiner Mutter liegt. Es sind zwei Ölbilder von Max Beckmann und Paul Klee, eine Tuschzeichnung von Edgard Degas aus dem Zyklus ›Scènes de maisons closes‹ und ein weiteres Ölgemälde, das ein Paar in einer luxuriösen Wohnung zeigt. Der Maler des letzteren Bildes heißt Moritz von Hollein, der Michel Angelo jedoch unbekannt ist. Er ist sich einigermaßen sicher, dass es Originale sind. Das gilt insbesondere für die in den jeweiligen Werkverzeichnissen aufgeführten Bilder von

Klee und Beckmann, da sie seit langem als verschollen gelten. Warum hat Dora ihm die Bilder nie gezeigt? Es sind wunderbare Werke, die es nicht verdient haben, in der Dunkelheit einer Truhe ihr Dasein zu fristen. Er nimmt an, dass sie aus der Sammlung ihres Mannes stammen, von denen einige, schön gerahmt, in seiner und in Doras Wohnung hängen und die Augen der Kunstfreunde leuchten lassen. Michel ruft Hannah, die in der Doras Küche gerade einige Utensilien sortiert, um ihr den sensationellen Fund zu zeigen. Hannah betrachtet die wertvollen Bilder, die wie unsortierte Wäschestücke vor ihr liegen. Sie blickt gebannt auf das Bild mit dem Paar. Michel wundert sich, weil es für ihn das künstlerisch am wenigsten interessante Werk ist: gut gemachte Genremalerei, realistische Darstellung, aber ohne Raffinesse, denkt er.

»Was fesselt dich an dem Bild so außerordentlich, dass du dich nicht von ihm lösen kannst?«, fragt er Hannah, die das Bild in die Hand genommen hat.

»Ich glaube, ich kenne das Paar und das Interieur der Wohnung, auch die Bilder an der Wand«, sagt sie mit nachdenklichem Gesichtsausdruck. Sie zermartert ihr Hirn, wo sie es schon einmal gesehen haben könnte, aber ihr Gedächtnis lässt sie für den Moment im Stich.

»Sieh mal, hier ist ein Zeitungsausschnitt mit einem Bild von Andreas Angelo. ›Was bist du doch für ein jämmerlicher Mensch!!‹ hat meine Mutter unter dem Foto notiert.«

Hannah nimmt ihm den Zeitungsausschnitt aus der Hand und liest das Datum des Todesjahres von Michels Vater.

»Mein Gott, warum hat uns deine Mutter nie erzählt, dass dein Vater nach Amerika abgehauen ist? Sie hat immer nur gesagt, er sei spurlos verschwunden. Was ist das doch für eine merkwürdige Sache! Ich wüsste allzu gern, was ihn bewogen hatte, deine Mutter so *jämmerlich*, wie sie schreibt, im Stich zu lassen.«

Michel legt die Bilder in eine alte Zeichenmappe, verschließt sie im Schlafzimmerschrank und steckt den Schlüssel mit der Bemerkung in seine Tasche, dass die Bilder ein Vermögen wert seien.

»Was war das doch für ein Leichtsinn, diese Bilder jahrzehntelang unverschlossen aufzubewahren«, sagt Michel und fügt nachdenklich hinzu: »Wenn mein Vater Kunsthändler und Kunstsammler war, wo sind dann eigentlich die vielen anderen Bilder seiner Sammlung geblieben? Hatte er sie damals alle mit nach Amerika genommen? Das dürfte 1945 nicht ganz leicht gewesen sein. Und außerdem würde mich brennend interessieren, woher seine Sammlung stammt. Es ist damals, weiß Gott, viel passiert. Die Juden sind enteignet worden oder die Nazis haben sie gezwungen, ihre Bilder zu einem Spottpreis zu verkaufen. Hermann Göring selbst war einer der exzessivsten Sammler und hat rund 1400 Gemälde und 250 Skulpturen zusammengerafft. Ich habe es ständig mit Raubkunst zu tun. Wer seine Frau und sein Kind so schmählich versetzt, dem ist einiges zuzutrauen. – Ich bin nicht gewillt, Schutzmauern um meinen Vater zu bauen!«

Michel sieht Hannah an und sagt kämpferisch: »Wenn er Nazi war und Schweinereien gemacht hat, will ich das aufklären. Ich werde mal den Packen Briefe, den ich gefunden habe, mit nach Hause nehmen. Vielleicht findet sich dort ein erster Anhaltspunkt.«

Als sie im Auto sitzen und nach Hause fahren, stößt Hannah plötzlich einen Schrei aus, tritt abrupt auf die Bremse und würgt den Motor ab. Michel dreht sich erschrocken zu ihr hin und erinnert sich an die Schreckensfahrt vom Gardasee.

»Ich hab's!«, ruft sie aufgeregt, »das Paar auf dem Bild sind meine Großeltern. Wenigstens ähnelt es ihnen auf verblüffende Weise. Das einzige Foto, das meine Mutter gerettet hatte, war dieses Bild von ihren Eltern, das im Wohnzimmer ihrer Villa in Berlin noch vor dem Naziterror aufgenommen worden war. Ich bin mir jetzt fast sicher, dass es meine

Großeltern sind. Das wäre unglaublich!« platzt es aus ihr heraus.

Als sie wieder startet, zittert sie vor Erregung. Sie fährt mit unerlaubt hoher Geschwindigkeit nach Hause. Ihre Gedanken wirbeln wild durcheinander. Wenn das ihre Großeltern sind, wie kommt das Gemälde in den Besitz von Michels Mutter beziehungsweise seinem Vater, falls Dora es von ihm bekommen hatte? War das Zufall? Sie möchte an einen solchen nicht glauben, findet aber keinen vernünftigen Verbindungsfaden.

Als sie das Auto in der Garage geparkt hat, beeilt sie sich, in ihr Arbeitszimmer zu kommen und findet auch schnell das denkwürdige, schon etwas vergilbte Foto, die einzige Verbindung, die ihr zu den Großeltern geblieben ist. Das Foto zeigt den nahezu identischen Ausschnitt. Das Foto und das Gemälde sind aus der gleichen Perspektive aufgenommen beziehungsweise gemalt worden. Die Großmutter Abendroth sitzt, etwas steif, auf einem Stuhl, der Großvater steht, eine Hand auf ihrer rechten Schulter, hinter ihr. Auf einer Anrichte sieht man eine kleine, fein gearbeitete Standuhr. An der Wand im Hintergrund hängen einige Bilder. Hannah wedelt mit dem Foto in der Hand Michel zu, der gerade in ihr Zimmer kommt.

»Ich habe mich richtig erinnert. Es ist nicht zu fassen! Das gleiche Zimmer, dieselbe Perspektive!«

Sie reicht ihm das Foto und er betrachtet es genauer.

»Hast du eine Lupe? Ich kann die Bilder an der Wand im Hintergrund nicht genau erkennen«, sagt er über das Foto gebeugt.

Sie reicht ihm ein starkes Vergrößerungsglas, das sie für ihre eigenen Fotografien benutzt. Während Michel das Porträt genauer untersucht, nickt er mehrmals mit dem Kopf, ohne etwas zu sagen. Dann murmelt er aufgeregt schwer identifizierbare Wortfetzen vor sich hin: ›unglaublich‹, ›nicht zu fassen‹, ›ich verstehe das nicht‹.

Hannah wird unruhig.

»Sag, was ist? Was verstehst du nicht?«

Michel hebt seinen Kopf und blickt sie verwirrt an.

»An der Wand des Wohnzimmers sind Bilder aufgehängt. Es sind teilweise dieselben Bilder, die ich von meiner Mutter geschenkt bekommen habe und die jetzt bei uns an der Wand hängen. Ich kann erkennen ›Die Liebenden‹ von Magritte, den Kandinsky, die Valadon, auch den Akt von Kees van Dongen und die Zeichnung von Steinlein.«

Michel legt die Lupe beiseite und starrt vor sich hin. Als er Hannah ansieht und sie mit dem Kopf nickt, weiß er, dass sie das gleiche denkt wie er selbst.

»Es gibt nur zwei Möglichkeiten. Entweder kannte Andreas deine Großeltern gut und er hat ihnen diese Bilder, einschließlich des Familienporträts, regulär abgekauft, oder ...«

»... oder die Bilder sind auf eine ganz andere Weise in seinen Besitz gelangt«, ergänzte Hannah seinen angefangenen Satz. »Aber wie? Das ist die entscheidende Frage. Wenn es ein normaler Ankauf deines Vaters gewesen wäre, müsste er die Abendroths schon sehr gut gekannt haben und bei ihnen ein- und ausgegangen sein. Solch ein Familienbild gibt man normalerweise nicht aus der Hand. Deine Mutter hatte aber nie etwas von meinen Großeltern erwähnt. Oder hast du diesen Namen jemals von ihr gehört?«

Michel schüttelt den Kopf. Sie diskutieren die andere Alternative.

»Andreas Angelo hat von der bevorstehenden Deportation der Abendroths gewusst und die Bilder in erpresserischer Weise erstanden«, sagt Michel, »oder aber er hat die Bilder konfisziert, nachdem deine Eltern in das KZ geschickt worden waren, und sie seiner Sammlung einverleibt. Dann wäre es Raubkunst«, sagt Michel sachlich.

Der Verdacht, dass sich sein eigener Vater an der Ermordung der Großeltern seiner Frau mitschuldig gemacht und sich auf diese Weise bereichert haben könnte, hängt in der Luft und ist nicht mehr wegzudenken. Michel ist dieser Gedanke unerträglich. Mit diesem schwebenden Verdacht kann und will er nicht leben. Er muss sich auf die mühsame Spurensuche nach den Besitzverhältnissen der Bilder, die in Doras Besitz waren, machen. Ebenso fühlt er sich genötigt, herauszufinden, welche Rolle sein Vater bei den Nazis gespielt hat und wie er zu der Familie Abendroth stand. In staubigen Archiven herumstöbern zu müssen, ist ihm ein widerwärtiger Gedanke und steht seinem Lebensgefühl vollkommen entgegen. Aber gibt es einen anderen Weg? Er muss wohl in diesen sauren Apfel beißen, sagt er sich, das ist er Hannah und sich selbst schuldig.

In derselben Nacht beginnt er die Briefe seiner Mutter zu durchforsten, in der Hoffnung, hier schon die Wahrheit über die Nazivergangenheit seines Vaters zu erfahren. Er wird enttäuscht. Als er jedoch den schäbigen Brief mit der, wie er jetzt weiß, vorgetäuschten Selbstmordabsicht findet, ist er von dem miesen Charakter und der Schuldhaftigkeit seines Vaters mehr denn je überzeugt.

6

Dr. Lutz Scheffer, der junge, ehrgeizige Mitarbeiter von Leon, tritt unsicher in das Arbeitszimmer. Er hat keine Ahnung, warum ihn sein Chef zu sich gerufen hat.

Als die Sekretärin ihm den Besprechungstermin bei Leon Angelo mitteilte, hatte sie geheimnisvoll getan und ihm gesagt, dass sie ebenfalls nicht wüsste, was Herr Angelo mit ihm besprechen wollte. Als Lutz Scheffer jetzt durch das Vorzimmer geht, lächelt die Sekretärin ihn aufmunternd und anteilnehmend an und unterstreicht ihr Interesse an ihm mit einem koketten Augenaufschlag. Sie ist schon seit längerem verliebt in den smarten, gut aussehenden Kollegen. Dieser reagiert aber nicht auf ihre eindeutigen Avancen und geht, ohne sie eines Blickes zu würdigen, an ihr vorbei.

Lutz Scheffer war von Leon Angelo ohne fest umrissenes Aufgabengebiet eingestellt worden, gewissermaßen als ‚Mädchen für alles‘. Leon hat aber schnell gesehen, dass Scheffer ein überaus heller Kopf war und sich sehr schnell in alles, was ihm übertragen wurde, eingearbeitet und großen Eifer wie auch kompetente Umsicht gezeigt hat. Scheffer war von Haus aus Historiker und hat mit dem anspruchsvollen Thema *Zum Kunstverständnis der Eliten im Deutschen Reich von 1870/71 bis 1945* promoviert. Zum Glück für Leon und seinen Verlag hatte Dr. Lutz Scheffer nach der Promotion keine seinen Qualifikationen entsprechende Arbeit gefunden und sich mit allen möglichen Aushilfsjobs über Wasser gehalten, bis er beim MichelAngelo-Verlag anklopfte. Leon erkannte schnell sein Allround-Talent, bot ihm zunächst eine Praktikantenstelle an und stellte ihn nach einem Jahr fest an.

Als sein Vater zu ihm kam und ihn fragte, ob er jemanden im Verlag beschäftigen würde, der recherchieren könne, der sich in Kunst und Geschichte auskenne und der hartnäckig genug sei, auch größere Widerstände zu überwinden, hat Leon sofort an sein ›Universalgenie‹ gedacht. Als Historiker ist Scheffer versiert in der Recherche, im Archiv- und Aktenstudium, und das Promotionsthema deutet an, dass er sich auch im Milieu von Kunst und Kunstbetrieb zurecht finden würde. Außerdem kann er fließend Französisch, Englisch und Latein. Vater und Sohn kamen überein, falls Lutz Scheffer das Angebot annehmen würde, dass Leon ihn für die Dauer der Recherchen freistelle und sein Vater für das Gehalt und alle anfallenden Spesen und sonstigen Ausgaben aufkäme.

Lutz Scheffer begrüßt Michel und Leon Angelo, die beide an einem runden Besprechungstisch Platz genommen haben, mit Handschlag. Leon bietet Scheffer einen Stuhl und einen Kaffee an und erklärt ihm in groben Zügen, was er und sein Vater von ihm wollen.

»Es handelt sich um eine private Recherchearbeit«, ergreift Michel dann das Wort, »die nichts mit dem Verlag zu tun hat und seine eigen Familie sowie die Provenienz einiger Bildern betrifft. Eine spannende, anspruchsvolle, aber auch sensible Aufgabe, die absolut vertraulich durchgeführt werden muss und wovon vorerst nichts an die Öffentlichkeit gelangen darf.«

Lutz Scheffer sagt ohne zu zögern zu. Für ihn ist das, was ihm angeboten wird nach der Routinearbeit im Verlag eine interessante Abwechslung und gleichzeitig eine anspruchsvolle Herausforderung, bei der er beweisen kann, dass mehr in ihm steckt.

Michel Angelo seinerseits ist hocherfreut über seine Zusage. Um die Beziehungen seines Vaters zur Familie Abendroth, den Nazis und die merkwürdigen Umstände seines plötzlichen Verschwindens und Wiederauftauchens in den USA aufzuklären, bedarf es akribischer Provenienzforschung, zeitaufwändiger und staubiger Aktenleserei und Recherche in Archiven. Dem will sich Michel unter allen Umständen entziehen. Nach allem, was er über Scheffer gehört hat, scheint er der richtige Mann an der richtigen Stelle zu sein. Er wird sicher gute Arbeit leisten und ihm diese unangenehme, aber notwenige Arbeit vom Hals schaffen können.

Lutz Scheffer macht sich mit Elan an die Arbeit, deren dramatische Ergebnisse, hätte sie Michel erahnt, ihn vielleicht dazu bewogen hätten, diesen Schritt nicht zu gehen.

Nach gut einem Jahr intensiver Forschung in Archiven, in Museen und jüdischen Dokumentationszentren zur Aufklärung von Naziverbrechen, in offiziellen Arbeitsstellen für Provenienzforschung, nach Analysen von Geheimdienst-, Gestapo- und Polizeiberichten sowie eigener Nachforschungen hinsichtlich Andreas Angelos Aufenthalt in New York, übergibt Lutz Scheffer seinen umfangreichen schriftlichen Abschlussbericht an Michel Angelo.

Als Michel den minutiösen Report, in dem jedes Detail belegt ist, gelesen hat, stockt ihm der

Atem, über das, was er zutage fördert und er ist zugleich überaus beeindruckt über die Art, wie der Bericht abgefasst ist. Er hat, wie vielleicht von einem ehrgeizigen, promovierten Mann, der der Welt und sich selbst noch beweisen will, was er kann, nicht anders zu erwarten ist, die Qualität einer Habilitationsschrift.

Andreas Angelo hatte, als Anfang 1933 Hitler zum Reichskanzler ernannt worden war, in München Kunstgeschichte und Philosophie studiert, notierte Lutz Scheffer in seinem Dossier. Er zog mit anderen Kommilitonen am 30. Januar, eine Fackel in der Hand, durch Münchens Straßen, um das Ende des Demokratismus und Parlamentismus, wie er es nannte, zu feiern. Er trat dem Nationalsozialistischen Deutschen Studentenbund bei und engagierte sich inner- und außerhalb des akademischen Lebens für die nationalsozialistische Erneuerung Deutschlands. Nach dem Studium ging er nach Berlin, um näher an dem Machtzentrum sein zu können. Schnell hatte das Parteimitglied Andreas Angelo in Berlin Fuß gefasst und pflegte gute Kontakte zu wichtigen Personen aus dem Kunst- und Kulturbereich, die der beschworenen Konzentration der nationalen Kräfte, die Deutschland in den

Würgegriff nahmen, nahe standen: Nationalsozialistische Kuratoren, Museumsdirektoren, Händler und Kunstberater. Hervorzuheben ist hier, schreibt Lutz, zum Beispiel Hans Posse, ursprünglich Museumschef in Dresden. Er war Hitlers sogenannter *Dämon*, notiert Lutz in einer Anmerkung, der den ‚Führer' antrieb und den Kunstraub radikalisierte, sei es in Polen, Frankreich, Österreich, den Niederlanden oder der Sowjetunion. Für das geplante *Führermuseum* in Linz, dessen Sammlung die des Louvre, der Eremitage oder des Prado in den Schatten stellen sollte, zog Posse eine Schneise der Beschlagnahmung und Enteignung durch die öffentlichen und privaten Sammlungen Europas. Posse starb 1942 an Krebs. Sein Nachfolger wurde Hermann Voss, ein relativ unbedeutender Direktor des provinziellen, nassauischen Landesmuseums Wiesbaden. Hitler und Goebbels stellten den ausgewiesenen Nazigegner an, weil er eine Kapazität für die Renaissance- und Barockmalerei in Deutschland war, und somit ein unschätzbarer Experte für den angestrebten Kernbestand des *Führermuseums.* Er stand in dem Ruf, homosexuell und ein Morphinist zu sein. Nutzten die Nazis diese Gerüchte, um Voss zu erpressen? Scheffer stellt die Frage in den Raum. – In einer längeren Fußnote merkt Lutz Scheffer an dieser

Stelle an: Voss gehörte zu den Kunsthändlern, die mit ihren Kenntnissen und Verbindungen im Kunstbetrieb der späteren Bundesrepublik erfolgreich ihre Geschäfte fortsetzten. Der Kunstraub war während der Naziherrschaft ein extrem lukratives Geschäft gewesen, so dass unter den Händlern nach 1945 eine nur geringe Neigung bestand, die Provenienzen der Kunstwerke erforschen zu lassen. Es herrschte unter diesen Akteuren, Museumsmitarbeitern wie auch Kunsthändlern, deren Zahl in die Tausende geht, in den fünfziger Jahren eine Art ‚Schlussstrichmentalität'. Die Vergangenheit wurde verdrängt, ignoriert, verschwiegen. Die Netzwerke der ehemaligen Nazis in Justiz, Wirtschaft, Politik wie auch im Kunstbetrieb blieben bestehen. Die Kontinuitäten waren offensichtlich: personell und strukturell. Die Netzwerke funktionierten. Wer vor dem Krieg mit Kunst gehandelt hatte, konnte diese Geschäfte nach dem Krieg problemlos weiter betreiben. So ist es nicht verwunderlich, dass sich sowohl in Museen und anderen öffentlichen Einrichtungen wie auch bei Privatpersonen und Kunsthändlern nach wie vor Tausende von NS-Raub-Kunstwerken befinden, wovon nicht zuletzt der Fall Gurlitt zeugt. –

In seiner Eigenschaft als Kunstberater lernte Andreas Angelo 1938 den Unterwäschefabrikanten Aaron Abendroth kennen. Abendroth hatte zu dieser Zeit ein besonderes Interesse für die Montmartre-Maler um Lautrec, Degas, Renoir, Valadon, Utrillo, Steinlein und Kees van Dongen entwickelt und er fragte Angelo, ob dieser ihm bei dem Aufbau seiner Sammlung behilflich sein könnte. Er war ihm gerne zu Diensten, zumal sich Andreas Angelo just zu dieser Zeit ausgiebig mit den Künstlern auf dem Montmartre um 1900 beschäftigt hatte. Er war mehrmals selbst nach Paris gefahren und hatte sich in den dortigen Galerien und Museen die Bilder dieser Künstler angesehen. Insbesondere interessierte ihn Suzanne Valadon. Mehr noch, er war fasziniert von dieser Frau, der Liebhaberin von Toulouse-Lautrec, Freundin von Edgar Degas, Muse von Auguste Renoir, Mutter von Maurice Utrillo und Mann von André Utter, die sich, aus ärmlichen Verhältnissen kommend, als Autodidaktin vom Modell zur großen Malerin entwickelt hatte.

– Fußnote von Scheffer: Es ist mir nach schwierigen Recherchen gelungen, die sogenannte *Vermögenserklärung,* die Aaron Abendroth, wie alle Juden in Berlin, abgeben musste, ausfindig zu machen. Auf Grund dieser Vermögenserklärung war es mir möglich, exakt zu ermitteln, welche Werke im Besitz von Aaron Abendroth waren. In der beiliegenden Anlage

I sind alle Kunstwerke, Skulpturen und Bilder aufgeführt, die sich 1943 im Besitz der Familie Abendroth befanden. –

Es entwickelte sich in dieser Zeit, in der die Situation für die Juden in Berlin immer prekärer wurde, ein enges Verhältnis zwischen den beiden Kunstliebhabern, das dazu führte, dass Angelo in der Villa der Familie Abendroth ein und aus ging. Er war inzwischen Direktor eines Berliner Museums geworden und hatte selbst angefangen, Kunst zu sammeln, wobei einige seiner Bilder aus jüdischem Besitz stammten – Fußnote Scheffer: in der Anlage habe ich diese Bilder aufgeführt – , als sich zwischen der Tochter von Aaron Abendroth, Leonie, die aufgrund der angespannten Lage selten aus dem Haus ging, und Angelo eine Liebesbeziehung anbahnte.

Am 9. November 1942 wurde die Familie von der Gestapo verhaftet und nach Auschwitz deportiert. Der Tochter Leonie gelang später die Flucht aus der Sprengstofffabrik ,Friedland' im Ortsteil Hirschhagen in Hessen. Aus einer Tagebuchnotiz ging hervor, dass Leonie Andreas zwei Wochen vor ihrer Deportation gestanden hatte, dass sie schwanger war. – Fußnote Scheffer: Als Ergebnis akribischer und zeitaufwändiger Kleinarbeit habe ich Angelos Nachlass im Archiv des Solomon R. Guggenheim Museums in New York ausfindig gemacht, dem er auch einen großen Teil seiner Bildersammlung hinterlassen hat. Ich hatte Glück. Ich konnte als einer der ersten das Archivmaterial einsehen, da Angelo in seinem Testament verfügt hatte, seinen persönlichen Schriftverkehr wie auch seine Tagebuchnotizen 25 Jahre unter Verschluss zu halten. –

Wörtlich notierte Angelo in diesem Tagebuch: ›*Freudestrahlend sagte Leonie mir, sie sei schwanger und umarmte mich. Ich war wie von Sinnen, meine ganze, doch so vielversprechende Karriere stand auf dem Spiel. Das Wort Blutschande ging mir nicht mehr aus dem Kopf. Gab es etwas Schädlicheres und Schändlicheres, was mir in dieser Zeit passieren konnte? Ich musste etwas tun. Ich musste sie zu einer Abtreibung überreden ... oder? Ich wagte es nicht zu denken, falls sie einer Abtreibung nicht zustimmen sollte. Sie lehnte eine Abtreibung strickt ab ...!*‹

Die Akten der Geheimen Staatspolizei offenbarten, was dieses ›... oder?‹, bedeutete. Am 1. November 1942 ging bei der Gestapo ein Schreiben ein, in dem Aaron Abendroth der Spionage für die Engländer bezichtigt wurde. Unterzeichnet von Andreas Angelo. Die Gestapo reagierte schnell. Nach der Deportation der Familie wurde, wie üblich, deren Vermögen beschlagnahmt. Als Dank für seine vaterländische Tat durfte Angelo für sich selbst einige Bilder aus Abendroths Sammlung aussuchen, den Rest überließ man ihm, um sie zu verkaufen. Der erzielte Erlös wurde der Staatskasse zugeführt.

Im Dezember heiratete Andreas Angelo Dora Schenkel – Zu diesem Ereignis notierte Scheffer in einer Fußnote: Also nur etwa *einen*! Monat, nachdem Leonie eine Abtreibung verweigert hatte und sie und ihre Eltern deportiert worden waren, ehelichte Andreas Angelo Dora Schenkel. Im August 1943, nur etwa ein halbes Jahr, nachdem Leonie Hannah geboren hatte, erblickte Doras Sohn, Michel Angelo, das Licht dieser in Trümmern liegenden Welt. –

Lange vor dem Brief mit der Selbstmordankündigung, den er Anfang 1945 Dora hinterlassen hatte, so war in seinem Tagebuch zu lesen, fing er an, unter größtmöglicher Geheimhaltung, die Bilder seiner Sammlung, getarnt als amtliche Sendungen seines Museums, nach New York zu schicken, wo er Verbindungen zu der dortigen Kunstszene hatte.

›Der Krieg ist verloren‹, war in dem Tagebuch zu lesen, ›und mit dem Krieg auch alles, an das ich geglaubt habe. Ich war verrückt gewesen, mich auf diese Nazi-Bande einzulassen. Ich habe schwerste Schuld auf mich geladen, indem ich die Familie Abendroth zu Unrecht denunzierte. Niemals hatte Aaron für die Engländer spioniert. Ich liebe Leonie und doch habe ich mich zu dieser Denunziation hinreißen lassen. Warum? Ich glaube, ich war einfach feige, schwach, geblendet von meinen Erfolgen und der Nähe zu den Nazigrößen. Aber das ist ja nicht alles. Nur kurze Zeit später habe ich Dora geheiratet und auch sie und meinen Sohn im Stich gelassen. Hätte ich sie in die USA mitnehmen können? Wäre sie mit mir ausgewandert, wenn ich sie gefragt hätte?

Wenn ich mich heute im Spiegel betrachte, kann ich nicht verstehen, was ich gemacht habe. Lange habe ich damals mit mir gekämpft und wollte meinem Leben ein Ende setzen. Wie kann ich mit dieser Schuld leben? Letztendlich siegte dann aber doch der den Menschen angeborene Lebenstrieb. Ich entschied mich für das Leben, für ein Leben in Freiheit, trotz der Last der doppelten Schuld, und hoffte, dass ich in der Neuen Welt ein neues Leben beginnen könnte, das ich in Deutschland, wäre ich hier geblieben, unmöglich hätte führen können. Ich brach sämtliche Brücken hinter mir ab und reiste, in allerletzter Minute, unter konspirativen Bedingungen über Portugal und Rio de Janeiro in die USA, nach New York. Ich hatte verlässliche Verbindungsleute, die ich aber nicht dem Tagebuch anvertrauen möchte, um diese Personen nicht zu gefährden.‹

Es müsse offen bleiben, so notierte Scheffer am Schluss seines Reports, ob Andreas Angelo jemals von der gelungenen Flucht Leonies und der Geburt seiner Tochter Kenntnis bekommen habe. Jedenfalls habe er in den Dokumenten und Briefen, die ihm zur Verfügung standen, nichts gefunden, was darauf hindeuten könnte. Aber das muss nicht unbedingt heißen, nichts gewusst zu haben.

Michel hat Skrupel, den Bericht Hannah zu übergeben. Wie würde sie darauf reagieren? Er ahnt es. Nein, er weiß es. Und doch, er kann ihr diese Wahrheit nicht ersparen. Die Vergangenheit wird mit Brachialgewalt in ihre Gegenwart einbrechen. Eine Gegenwart, in der von nun an alles brüchig sein wird, was einmal feste Überzeugung war. Alles wird ins Schwimmen kommen, nichts hat mehr feste Konturen.

Ihr Vater, ihr gemeinsamer Vater war ein Mörder! Aber das Verbrechen, dessen sich der Vater schuldig gemacht hat, ist nur eine Seite der Wahrheit. Die Erkenntnis, den gleichen Vater zu haben, die andere Seite.

Michel befürchtet, dass dieser Gedanke Hannah unerträglich sein wird. Sie wird sich mit allen Verstandesmitteln gegen das Gefühl wehren, etwas Unrechtes getan zu haben. Aber Michel mutmaßt, es wird übermächtig sein und sie beherrschen. Wird sie ihn weiter lieben können?

Oder bekommt ihre Liebe einen schalen, klebrigen Beigeschmack? Wird es Hannah gelingen die Büchse der Pandora wieder zu schließen?

Michel und Hannah reden stundenlang, tagelang, wochenlang miteinander. Er versucht sie zu überzeugen, dass seine Liebe zu ihr, nichts, aber auch gar nichts mit ihrem Verwandtschaftsgrad zu tun habe. Sie ist ihm dankbar für seine Liebesbekenntnisse, aber sie prallen, so wie er es befürchtet hat, wie bei einer Membran, die für Impulse aus der Außenwelt undurchlässig ist, bei ihr ab. Sie bleibt verstört und es ist ihr unmöglich, sexuelle Empfindungen oder auch nur Gefühle der Zuneigung zu ihrem Mann zuzulassen.

Da er sie auf der emotionalen Ebene nicht erreichen kann, versucht Michel mit rationalen Argumenten zu ihr durchzudringen und ihre Liebe und Ehegemeinschaft, die, wie er betont, außer ihnen selbst und Leon niemanden etwas angeht, zu rechtfertigen.

»Wir fanden es doch bisher gut, wenn wir uns blind verstanden haben, da stimmst du mir doch sicher zu. Warum sollen wir das jetzt nicht mehr so sehen, nur weil wir wissen, dass wir denselben Vater haben? Zwar hat sich im Laufe der Evolution«, so argumentiert er, »zwischen sehr nahen Verwandten eine Sperre herausgebildet,

die die Verhaltensforscher als ›natürliche In-
zestscheu‹ bezeichnet haben. Sie soll verhindern, dass sich gemeinsam aufwachsende Geschwister sexuell attraktiv finden, und so den
Nachwuchs vor Erbschäden bewahren. Und das
ist ja durchaus auch sinnvoll. Diese biologische
Sperre verkehrt sich aber in ihr Gegenteil, wenn
sich nahe Verwandte erst im Erwachsenenalter
kennenlernen. Dann nämlich kann eine ähnliche
genetische Disposition dafür sorgen, wie das die
Attraktivitätsforschung zeigt, dass sich Geschwister in besonderem Maß zueinander hin-
gezogen fühlen und das Gefühl einer Art Seelen-
verwandtschaft verspüren, wie das bei uns der
Fall war und ist. Unsere gegenseitige Zuneigung
und Liebe hat also keinen inzestuösen Beigeschmack, sondern ist begründet und, wenn du so
willst, biologisch durchaus nachvollziehbar.«

In dem Augenblick, als er das sagt, weiß er,
dass er sie nicht überzeugen kann. Hannahs
überaus skeptischer Blick lässt nur eine Deu-
tung zu: Du hast dein Bestes gegeben, mich zu
der Einsicht zu bringen, dass alles normal ist,
was wir machen. Aber nichts ist normal und es
ist vergebliche Mühe von dir.

Hannah und Michel sitzen am Frühstückstisch, als Leon in das Zimmer stürmt und aufgeregt mit einer Zeitung vor ihren Gesichtern herum wedelt.

»Es ist passiert«, sagt er, »die Presse hat von der Sache Wind bekommen und zerrt nun unser Privatleben in alle Öffentlichkeit.«

Die Zeitung, die er in der Hand hält, titelt mit ›Inzest‹. In dem Artikel wird auf der ersten Seite berichtet: ›Der bekannte Kunsthändler Michel Angelo lebt seit bald vierzig Jahren mit seiner Schwester zusammen, die von ihm einen Sohn hat. Nach Paragraf 173 des Strafgesetzbuches ist der Beischlaf zwischen Geschwistern und Halbgeschwistern strafbar und kann mit bis zu zwei Jahren Gefängnisstrafe geahndet werde. Ist dies ein Fall für die Staatsanwaltschaft?‹

Hannah springt auf und läuft aufgeregt im Zimmer auf und ab. Leon sitzt stumm auf einem Stuhl und schaut fragend seinen Vater an.

»Ich frage mich, Leon, wer das ausgeplaudert hat? Das ist eine Sauerei«, sagt Michel dünnlippig.

»Ja, das ist wahr«, sagt Leon, »und deine Popularität fällt uns jetzt auf die eigenen Füße.«

»Die Medien werden sich wieder beruhigen. So wichtig bin ich nicht.«

»Richtig, aber du bist ein gefundenes Fressen für den Boulevard. Sie lieben schlüpfrige Geschichten aus dem noblen Milieu, in dem du dich bewegst. Denke doch nur an den Fall der Milliardärs-Witwe, die einen der prominentesten Kunstberater hierzulande ins Gefängnis gebracht hat. Die Regenbogenpresse hat das gierig aufgegriffen und den Kunsthändler wochenlang genüsslich auseinander genommen.«

»Du überschätzt meinen Bekanntheitsgrad. Ich denke nicht, dass die Presse lange an diesem Thema interessiert sein wird.«

»Du bist ein Promi und ich glaube schon, dass die Medien nicht von dir lassen werden und wir alle wegen dir leiden werden müssen.«

»Was redet ihr denn da?«, schaltet sich Hannah in das Gespräch ein, »es nützt doch nichts, wenn wir uns jetzt gegenseitig die Schuld zuweisen und uns selbst zerfleischen. Wir stehen am Pranger nicht wegen deinem Vater, Leon, sondern wegen ...«, Hannah zögert, das Wort in den Mund zu nehmen, »...wegen Inzucht! Ich halt das nicht aus. Mein Vater ist wegen seiner Angst vor Blutschande zum Mörder und wir sind wegen Inzest – auch eine Art von Blutschande – zum Freiwild geworden.«

Sie weint und hält sich die Hände vor das Gesicht.

»Es wird vorbei gehen. Die Medien werden sich beruhigen«, versucht Michel sie zu trösten.

Aber es geht nicht vorbei. Die Medien beruhigen sich nicht. Bald schon lungert eine ganze Meute von Reportern vor dem Haus herum und beobachtet sie auf Schritt und Tritt, um die voyeuristische Begierde des Leservolkes zu befriedigen.

Nur wenige Tage nach der Zeitungsmeldung, bekommen sie einen Brief mit einer Vorladung zum Verhör von der Staatsanwaltschaft, Abteilung für Gemeingefährliche Straftaten und Sexualdelikte: ›Ihnen wird folgende Rechtsverletzung vorgeworfen: Beischlaf zwischen Verwandten.‹

Ein freundlicher Herr mit rundem, rosigem Gesicht mittleren Alters begrüßt sie freundlich und bittet sie mit sachlichem Tonfall, vor seinem großen Schreibtisch Platz zu nehmen. Er erkundigt sich, ob es stimme, dass sie Halbgeschwister seien. Als sie das bejahen, sagt er ihnen, dass es nicht strafbar sei als Geschwister zusammenzuleben, aber es sei strafbar, Geschlechtsverkehr zu haben. Wenn Leon ihr leiblicher Sohn sei, sei er das Beweismittel, dass sie gegen den Paragraf 173 des Strafgesetzbuches verstoßen hätten.

»Das Beweismittel, wie Sie es nennen, ist bald vierzig Jahre alt!«, ruft Hannah empört dazwischen.

»Der Beweis für den vollzogenen Geschlechtsverehr ist vierzig Jahre alt, aber die Wahrscheinlichkeit, dass sie nur dieses eine Mal verkehrten, ist gering. Hatten Sie seither keinen Geschlechtsverkehr mehr?«

Hannah und Michel sehen sich an und müssen laut lachen.

»Das ist überhaupt nicht lächerlich«, sagt der Beamte ungerührt, »denn jeder Geschlechtsakt, den Sie in den letzten Jahren vollzogen haben, ist strafbar.«

»Wir haben bei der Zeugung von Leon gar nicht gewusst, dass wir Halbgeschwister sind. Wir haben erst vor Kurzem, nach langer, eigener Recherche, herausgefunden, dass wir denselben Vater haben«, sagt Michel.

»Das könnte in der Tat strafmildernd wirken. Das muss der Richter entscheiden. Aber, und das muss ich sie fragen, haben sie jetzt noch Geschlechtsverkehr?«

»Mit Verlaub, Herr Staatsanwalt, was geht Sie, was geht das den Staat an!«, sagt Michel erregt.

»Beruhigen Sie sich, Herr Angelo, das Gesetz ist leider so. Ich habe es nicht gemacht. Sie dürfen als Geschwister keinen Geschlechtsverkehr miteinander haben, sonst muss ich entsprechende Schritte einleiten.«

»Wie wollen Sie das denn gegebenenfalls beweisen, Herr Staatsanwalt?«

»Das ist in der Tat schwierig«, sagt er und verzieht das erste Mal seit der Anhörung sein Gesicht zu einem Grinsen, »ich wäre auf Ihre Mithilfe angewiesen ...«

»... oder einer dieser schmierigen Paparazzi fotografiert uns durch das Schlafzimmerfenster«, ergänzt Hannah den Satz.

»Das wäre in der Tat ungünstig für Sie. Aber dem könnten Sie ja, das dürfte ich Ihnen jetzt eigentlich gar nicht sagen, einen Riegel beziehungsweise einen Vorhang vorschieben.«

Nach einer Stunde ist das Gespräch beendet und der Staatsanwalt entlässt sie mit der Bemerkung, dass sie von ihm hören würden. Der Fall sei ungewöhnlich, und er glaube nicht, dass er strafrechtlich relevant sei, falls, – und er betont das *falls* und blinzelt verschwörerisch mit den Augen –, sie sich zukünftig der körperlichen Liebe enthalten würden.

Der Fall Angelo wird, wie es der Staatsanwalt vermutet hat, zu den Akten gelegt. Die Presse jedoch, deren Augenmerk sich nach und nach mehr auf den gemeinsamen Vater und dessen Nazivergangenheit richtet, bleibt interessiert und sensationshungrig.

Leon, der ebenso wie seine Eltern zunächst schockiert gewesen war, nachdem er den Report gelesen hatte, verarbeitet die Enthüllungen schnell und hat sich schon kurze Zeit später wieder gefasst. Der Medienrummel prallt an ihm ab und er geht mit dem Inzest-Vorwurf und der Vergangenheit seines Großvaters mit einer souveränen Gelassenheit um, die zuweilen einen sarkastischen und spöttischen Unterton annimmt.

Hannah kommt mit der Art und Weise, wie ihr Sohn mit dieser äußerst schwierigen Situation umgeht, nur schwer zurecht. Auf sie hat die von den Medien angefachte Schlammschlacht eine verheerende Wirkung und potenziert ihre ohnehin vorhandene psychische Ausnahmesituation. Sie gerät in einen Strudel bodenloser Zerrissenheit und pendelt zwischen äußerster Empörung und tiefer Traurigkeit und Niedergeschlagenheit.

Michel registriert mit großer Sorge, dass Hannahs Lebensmut auf einen Tiefpunkt gesunken ist und befürchtet, dass sie in eine schwere Depression fallen könnte. Außerdem kann er Suizidgedanken nicht ausschließen. Er erwägt, den Wohnsitz ins Ausland zu verlegen, gibt dieses Vorhaben jedoch auf, da es bedeuten würde, dass Hannah ihre Arbeit im Verlag, die ihr

Selbstbewusstsein und ihr Selbstvertrauen gibt, aufgeben müsste. Er schlägt Hannah stattdessen eine lange Weltreise vor.

Sie verreisen mehrere Monate in die entferntesten und exotischsten Gegenden der Erde, und es gelingt ihnen zeitweise, ihre Gedanken in andere Bahnen zu lenken. Je länger sie weg und je fremdartiger die Länder sind, die sie bereisen, desto unwirklicher, spukhafter erscheinen ihnen die Realitäten. Sie wirken befreit wie Kinder, die in der Welt ihres Märchenbuches, das sie gerade lesen, leben.

Als sie wieder zurückkehren, verfliegt dieser Zauber schnell.

Die Flucht hat Hannahs tiefe, verzweifelte Niedergeschlagenheit leicht abgeschwächt, aber ihre Seelenlage bleibt verschattet und durchtränkt von Mutlosigkeit und Zukunftsangst. Etwas, das sie selbst nicht näher bestimmen kann, ist in ihr zerbrochen. Sie ist unfähig, sich Michel, der ihr in dieser ganzen Zeit viel Aufmerksamkeit und Zuwendung schenkt, wie früher hinzugeben. Wenn sie im Bett liegen und er zärtlich ihren nackten Körper liebkost, reagiert dieser nach wie vor mit starken Lustgefühlen. Doch sie ist unfähig, sich diesen unbeschwert hinzugeben oder gar mit ihm zu schlafen. Tief in ihrer Brust fühlt sie einen bis dahin nicht gekannten Widerstand, sich ihm sexuell zu öffnen. Es ist, als ob eine Stimme ihr zuflüstert: Es ist unrecht, was du tust. Du darfst das nicht. Die Körperlust verstummt. Der Körper nimmt Michel nicht mehr als Sexualpartner wahr und antwortet mit Schamreaktionen auf die Nacktheit ihres eigenen Mannes. Ich liebe ihn, sagt sie sich immer wieder verzweifelt, und doch kann sie sich gegen diese widersprüchlichen Gefühle nicht wehren. Als sie einmal lustlos und nur mit großer Überwindung mit ihm schlief, um wenigstens seine sexuelle Lust zu befriedigen, hatte sie danach ein Gefühl wie bei einem schrecklichen Kater: sie fühlte sich schal, ranzig und leer.

Diese Veränderungen, die sich in Hannah verfestigt haben, bleiben Michel nicht verborgen. Er spürt die körperliche Ablehnung Hannahs, die gleichzeitig sehr um ihn bemüht ist. Sie reagiert wie jemand, der ständig eine Schuld zu tilgen hätte, der sich permanent für ein begangenes Unrecht entschuldigen müsse.

Es fällt Michel schwer, mit diesen widersprüchlichen Reaktionen umzugehen. Er spürt ihre labile Gefühlslage und versucht, alles zu vermeiden, was Hannah verletzen könnte. Aber diese Selbstkontrolle hat ihren Preis. Er fühlt sich nicht mehr Herr seiner selbst, und je länger diese Situation anhält, desto stärker fühlt er sich überfordert. Er beginnt, sich ihr zu entziehen, stürzt sich in die Arbeit, die ihn erfüllt, er frönt wieder mehr seiner Spielleidenschaft, die ihn fesselt – und er spürt, dass er vermehrt auf andere Frauen achtet.

Sein Smartphone vibriert, als er gerade eine große Summe auf eine Zahl setzen will. Ärgerlich zieht er seine Hand mit den Chips zurück, um das Telefon auszuschalten. Er holt es aus der Innentasche seines Jacketts. Er sieht auf das Display. Es ist Hannah. Er verlässt den Roulette-Tisch und nimmt das Gespräch an.

»Hallo Hannah, was gibt's? Ich bin gerade in einer wichtigen Besprechung und habe wenig Zeit.«

»Angelino, ich wollte nur deine Stimme hören und dir sagen: Ti amo. Es tut mir leid, wenn ich dich gestört habe«, sagt Hannah mit ausdrucksloser Stimme.

»Ich liebe dich auch.«

Er hört, wie Hannah sich schnäuzt.

»Hast du geweint? Geht es dir nicht gut?«

Hannah zögert mit der Antwort.

»Ja, doch, es geht mir gut. Ich wollte dich nur nochmal hören. Wann kommst du zurück?«

»Morgen, wie geplant. Warum fragst du?«

»Du fehlst mir. Ich bin nichts ohne dich. Ich kann ohne dich nicht leben. Das will ich nicht.«

»Red' keinen Unsinn. Natürlich kannst du ohne mich leben. Du bist eine selbständige, selbstbewusste Frau.«

»Nein, nein! Das war ich einmal. Jetzt falle ich allen nur noch zur Last. Ich kann dir nichts mehr geben. Ich bin nur noch Hülle. Ich bin unwertes Leben.«

»Hannah, was redest du da? Um Himmels willen! Kein Leben ist unwert. Keines!«

Michel hört, wie sie leise weint. Dann legt sie auf. Er starrt geistesabwesend auf den glitzernden Kronleuchter des Casinosaals. Er wählt ihre Nummer. Sie hebt nicht ab. Er wartet fünf Minuten und wählt nochmals. Wieder vergebens.

Als Hannah aufgelegt hat und die Tränen versiegt sind, wird sie sehr ruhig. Ihr Entschluss steht schon seit Tagen fest. Sie ist überzeugt, dass die Welt ihr nichts mehr geben könne. Sie fühlt sich als lebende Tote, von allen verraten, ohne Wert und ohne Würde. Ihr Körper fühlt sich wie abgestorben an, vermodert, verdorben. Und ihr Kopf ist leer und unfähig, einen anderen Gedanken zu denken als den des Todes. Stille. Dunkel. Ruhe.

Michel stürmt in das Haus, ruft nach Hannah. Keine Antwort. Er ist sofort nach dem Gespräch zum Flughafen gefahren und hat den ersten Flieger genommen, den er bekommen konnte. Er hat ein ungutes Gefühl gehabt. Er findet Hannah im Schlafzimmer in tiefer Bewusstlosigkeit auf dem Bett liegend, die leeren Tablettenschachteln liegen korrekt entsorgt im Mülleimer des Badezimmers.

Der Therapeut bittet Hannah, auf einem Blatt Papier eine Linie zu ziehen, links der Beginn ihres Leben, rechts ihr Lebensende. Dann soll sie markieren, wo auf dieser Linie sie sich heute sieht. Sie betrachtet lange den schwarzen Strich, der ihr Leben symbolisieren soll, und macht schließlich einen knappen fingerbreit vom rechten Endpunkt der Linie eine Markierung.

»Sie gehen davon aus, dass Sie nur noch kurze Zeit leben werden? Warum?«

»Ich bin alt.«

»Sie sind körperlich gesund. Heutzutage kann man in ihrem Alter noch viele, schöne Jahre erwarten. Von diesem Standpunkt aus, den Sie markiert haben, können Sie fast nur noch zurückblicken und nicht nach vorne. Erhoffen Sie sich nichts mehr vom Leben?«

»Wie ich schon sagte: Ich bin alt, sehr alt. Und so fühle ich mich auch. Ich habe keine großen Erwartungen mehr ans Leben, nein! Man muss der Wirklichkeit ins Auge sehen.«

»Was ist in Ihren Augen Wirklichkeit? Wie verteilt sie sich auf Vergangenheit, Gegenwart und Zukunft?«

Hannah muss nicht lange über die schwierige philosophische Frage nachdenken.

»Wirklich ist das, was ich empfinde, und mein Empfinden ist zu über neunzig Prozent von der Vergangenheit geprägt und zu zehn Prozent von der Gegenwart. Von der Zukunft erwarte ich nichts.«

»Die Vergangenheit wiegt schwer und je älter man wird, umso schwerer. Bei vielen alten Menschen spielt die Vergangenheit eine große Rolle, oft ist sie sogar das Einzige, was sie noch am Leben hält, was das Leben sinnvoll macht. Bei Ihnen kommen noch traumatische Erlebnisse hinzu, die die Gegenwart sinnlos und lebensunwert erscheinen lassen. Was fehlt Ihnen in der Gegenwart am meisten?«

Hannah überlegt lange.

»Mir fehlt viel. Am meisten vielleicht Würde. Ich fühle mich entblößt, erniedrigt, vom Leben betrogen.«

»Warum empfinden Sie so?«

»Ja, warum? Ich ... ich habe lange Zeit gut und erfüllt gelebt. Dann habe ich erfahren müssen, dass mein Vater ein Mörder war. Ich komme mir vor, als ob ich selbst gemordet hätte, ich fühle mich schuldig ... Das ist das Eine, das Andere ist: mein Glaube an die wahre Liebe bröckelt und der an die körperliche Liebe ist zerstört. Ich liebe meinen Mann, aber ich verbiete mir, ihn zu lieben, zumindest körperlich. Er ist mein Halbbruder. Das macht alles anders. Ich fühle mich schlecht, wenn ich mit ihm zusammen bin. Ich traue mich nicht, ihn zärtlich zu berühren. Ich weiß nicht, *wie* ich ihn lieben kann, lieben soll. Ich möchte ihn so gerne lieben und kann es nicht.«

»Wie reagiert ihr Mann auf die neue Situation?«

»Er ist sehr verständnisvoll und aufmerksam. Wie es in seinem Inneren aussieht, kann ich nicht sagen. Ich würde es verstehen, wenn er sich eine andere, zärtliche Frau suchen würde. Ich bin für ihn als Frau wertlos geworden.«

»Sie fühlen sich als Frau wertlos? Warum?«

»Ich kann meinen Mann nicht mehr befriedigen, ihm nicht mehr das geben, was er ersehnt und von mir erwartet.«

»Haben Sie mit Ihrem Mann über seine Sehnsüchte gesprochen?«

»Nein. Aber ich kenne ihn und weiß, was er braucht: Zuwendung, Liebe, auch körperliche Liebe.«

»Und was ist mit Ihrem Sohn? Er braucht auch Liebe und liebt Sie doch sicherlich auch.«

»Ja, was ist mit meinem Sohn ...? Natürlich liebe ich ihn noch, aber auch diese Liebe ist befleckt ..., und ob er mich noch uneingeschränkt liebt, weiß ich nicht.«

Der Therapeut sieht auf die Uhr.

»Hannah, die Zeit ist um, wir sehen uns dann übermorgen wieder. Auf Wiedersehen.«

Als Hannah nach Hause geht, ist sie, wie fast jedes Mal nach einer Therapiestunde, erschöpft und unzufrieden. Die Gespräche belasten sie und offenbaren ihr allzu deutlich, dass es noch ein langer Weg sein wird, die innere Stabilität wiederzuerlangen. Ein Weg, den zu gehen auch erfolglos sein kann. Aber sie will versuchen, weiter an sich zu arbeiten und sich bemühen, auch wenn es ihr an manchen Tagen sehr schwer fällt, wieder den Lebensfaden für das bisschen Leben, das ihr noch bleibt, zu finden und in die Hand zu nehmen.

7

Michel Angelo weiß, dass der Schlüssel erfolgreicher Arbeit im Kunstmarkt die kontinuierliche und sehr genaue Beobachtung der Geschäftstätigkeiten der großen Auktionshäuser, der Aktivitäten bedeutender Museen und der Umsätze wichtiger Galerien ist. Daneben müssen die informellen Initiativen auf dem Markt recherchiert und die sich ständig ändernden Trends und Preisgefüge in Bezug auf Künstler und Kunstobjekte im Auge behalten werden. Ist man hier nicht an vorderster Front und nicht immer up-to-date, kann man, wie dies Michel etwas salopp ausdrückt, einpacken. Die Marktbeobachtung kostet viel Zeit und zehrt an den Kräften. Aber diesen Preis seiner beruflichen Tätigkeit ist Michel bereit in Kauf zu nehmen, auch wenn er spürt, dass seine Energiequellen nicht mehr so ergiebig sprudeln wie früher, und er in letzter Zeit doch des Öfteren an sich beobachtet hat, wie ihn sein in der Vergangenheit sehr gutes Gedächtnis im Stich gelassen hat.

Was er auf keinen Fall in Kauf nehmen möchte und ihm große Sorge bereitet, ist etwas Anderes. Er kann und will nicht zusehen, wie Hannah an sich selbst zerbricht. Er muss in dieser für sie so schweren Zeit für sie da sein. Er glaubt, dass sie ohne seine Unterstützung am Leben scheitern könnte. Um mehr Zeit für sie zu haben, ist er auf der Suche nach einem Weg, der es ihm erlaubt, weiterhin seiner Arbeit nachgehen zu können, ohne die sein Leben inhaltsleer sein würde, und gleichzeitig Hannah die größtmögliche Zuwendung zukommen zu lassen. Er weiß, dass gerade zu Beginn einer Therapie der Seelenschmerz eher zu- als abnimmt. Die inneren Verwundungen treten an die Oberfläche, breiten sich wie Krebsgeschwüre aus und schwächen zunächst die Selbstheilungs- und Widerstandskräfte, anstatt sie zu stärken.

Um sich zeitlich zu entlasten, hat Michel Angelo ein Auge auf Lutz geworfen und bei seinem Sohn angefragt, ob er auf ihn eventuell verzichten könne. Lutz Scheffer hatte in der Vergangenheit hervorragende Arbeit geleistet und stand nicht mehr im Verdacht, derjenige gewesen zu sein, der die Wahrheit über die familiären Angelegenheiten der Angelos in die Medien lanciert hatte. Michel hatte von einem befreundeten Journalisten erfahren, dass Leons Sekretärin die undichte Stelle war. Offenbar wollte sie sich an Lutz rächen und den Verdacht auf ihn lenken, weil er ihre Gefühle nicht erwidert hatte. Sie hat Lutz' Computer gehackt, den Report auf einen USB-Stick kopiert und ihn an die hiesige Boulevardpresse verkauft. Sein Sohn hatte daraufhin der Sekretärin sofort fristlos gekündigt.

«Ungern», gab Leon seinem Vater auf seine Frage, ob er Scheffer entbehren könne, zur Antwort, »er hat sich zu einer wichtigen Kraft im Verlag gemausert. Aber bitte, rede mit Scheffer. Wenn er sich gegen mich und für dein Projekt entscheidet, will ich seiner eventuellen Karriere bei dir nicht im Weg stehen. Warum willst du ihn einstellen? Du hast dir doch bis jetzt nicht von anderen in deine Karten gucken lassen und alles alleine gemacht.«

»Nun, mein Sohn, es ist dir wahrscheinlich nicht entgangen, dass es deiner Mutter nicht gut geht. Ich will mehr Zeit für deine Mutter haben. Und ich werde allmählich älter. Langsam zwar, aber immerhin. Also muss ich mit meinen Kräften haushalten, wenn ich meine Arbeit noch eine Weile gut machen will.«

»Das sind ja ganz neue Töne von dir, Papa. Du gibst Schwächen zu? Du hast Mitgefühl für Mama?«

»Jetzt hör aber auf!«, empört sich Michel. »Du beschreibst mich als einen Unmenschen und unterstellst mir, deine Mutter sei mir gleichgültig. Das ist grotesk. Ich liebe deine Mutter. Und außerdem habe ich nie behauptet, ich könne alles schaffen. Ich habe nur immer versucht, alles zu tun, was ich will. Das ist ein Unterschied. Mit dieser Einstellung war und bin ich erfolgreich.«

»Ja, du bist erfolgreich. Aber zu welchem Preis und auf wessen Kosten?«

»Habe ich dich vernachlässigt, habe ich Hannah vernachlässigt? Nein. Was weißt du schon von uns«, sagt Michel ärgerlich darüber, dass sich Leon in Dinge einmischt, die ihn seiner Meinung nach nichts angehen. »Und außerdem, was hast du eigentlich gegen Erfolg? Was hast du dagegen, nicht in der Masse unterzutauchen, sondern sich durchzusetzen und seine Erfolge zu genießen?«

Das Gespräch droht zu eskalieren. Wie so oft zwischen Vater und Sohn.

»Ich habe nichts gegen Erfolg, aber ich gebe ihm ein anderes Gewicht als du. Du empfindest

Genugtuung und Lust, wenn du auf dem Siegertreppchen stehst. Mir reicht es, eine Sache ordentlich gemacht zu haben.«

»Das stimmt nicht, was du über dich selbst behauptest. Du leitest mit großer Leidenschaft und Akribie den Verlag. Du willst auch gerne auf dem Treppchen stehen und dich feiern lassen. Jeder Mensch will das. Und da ist nichts Unrechtes dran. Ich will keinen Erfolg um jeden Preis. Da würdest du mich falsch einschätzen. Aber ich will *mein* Leben führen und dazu gehört auch: Ich will anerkannt werden. Ich lebe nicht allein auf der Welt, und in dieser Welt sind die anderen der Spiegel, in dem ich mich sonnen kann. Um aber sein eigenes Leben überhaupt leben zu können, Leon, muss man zwei Dinge tun:

Erstens an sich glauben und sich selbst lieben können. Und ich kann sagen, ich glaube an mich und ich liebe mich – an manchen Tagen zumindest. Vielleicht ist Liebe nicht das richtige Wort. Ich bin nicht narzisstisch veranlagt und schwelge nicht in Selbstverliebtheit. Vielleicht sollte ich besser sagen, ich mag mich. Und wenn ich mich im Spiegel ansehe, bin ich im Großen und Ganzen auch mit meinem Äußeren nicht unzufrieden. Natürlich kann es auch bei mir vorkommen, du wirst es mir kaum abnehmen«, fügt er ironisch hinzu, »dass ich an mir zweifle oder mich sogar hasse. Zum Beispiel, wenn ich nicht das getan habe, was ich hätte tun müssen, weil ich feige war, weil ich mutlos war, weil ich opportunistisch war. Dann könnte ich mich ohrfeigen oder gar mit eigenen Händen erwürgen. Nun ja, das mit dem eigenhändigen Erwürgen dürfte wohl selbst meine Willenskraft überfordern.

Das zweite ist, sich bemühen, das Ganze zu sehen, die Vergangenheit, die Gegenwart und die Zukunft, Vernunft und Gefühl zu vereinen, sich nicht in Einzelheiten zu verlieren, sich nicht von *einer* Sache dominieren zu lassen.

Beide Aspekte sind der Schlüssel zu meinem Erfolg und vielleicht sogar zu einer erfolgreichen Lebensbewältigung überhaupt. Leider gelingt das deiner Mutter weniger gut, die von zwei Ereignissen aus der Vergangenheit beherrscht und überrollt wird und so den vertrauten Kontext ihres Lebens verloren hat. Alles, selbst das Ich, ist aber nur vertraut im Kontext des Ganzen, es bleibt anonym und fremd, wenn es einzeln betrachtet wird.«

Leon hat seinem Vater erstaunt zugehört. Er hat viel von seinem Denken und seinem Gefühlsleben preisgegeben. So viel wie nie zuvor. Und er packt die seltene Gelegenheit, seinem Vater so offenherzig zu begegnen, am Schopf, um mit ihm, über die üblichen allgemeinen Floskeln hinaus, auch intime, persönliche Ansichten zu diskutieren, was dieser normalerweise immer schnell abblockt.

»Wenn wir schon am Philosophieren sind, willst du mir verraten, woran du deinen Lebenssinn fest machst? Was ist dein Lebensziel?«

Michel überlegt lange. Nicht, weil er die Frage nicht beantworten kann, vielmehr ist er sich unsicher, ob er sie beantworten will. Er betrachtet seinen Sohn nachdenklich und kommt zu dem Schluss, dass er ein Anrecht auf eine wahrheitsgemäße Antwort hat.

»Mein Lebensziel ist: ein glückliches Leben führen zu können *und* Erfolg zu haben. Beide Aspekte bilden eine Einheit. John Lennon soll als Schüler einmal gefragt worden sein, was er werden möchte, wenn er groß ist. Er hatte geantwortet: glücklich. Sie sagten ihm, dass er die Frage nicht verstanden hätte, und er sagte ihnen, dass *sie* das Leben nicht verstanden hätten. Soweit John Lennon. Ich möchte mir am Ende meines Lebens nicht sagen müssen, ich habe das Leben nicht verstanden. Ich möchte mir nicht vorwerfen: hätte ich doch aus diesem bisschen Leben mehr gemacht! Ich liebe das Neue, ich möchte überrascht werden, wenn nicht von anderen, dann doch wenigstens von mir. Ein nächstes Leben gibt es nicht. Ich muss alles in dieses hineinpacken und zu mir sagen können: Ich hab es versucht, ich habe mir nichts vorzuwerfen. Die wahre Freiheit des Menschen ist, vor sich selbst nicht lügen zu müssen ...«

Er überlegt kurz und fügt dann noch augenzwinkernd hinzu: »Ich betone, dass man sich selbst nicht belügen darf. Vor anderen Menschen, ich bin kein Moralapostel, kann man schon ab und zu einmal flunkern, vorausgesetzt man richtet mit diesen kleinen Lügen keine allzu großen Schäden an.«

»Meinem Großvater ist es nicht gelungen, dieser Devise zu folgen. Er hat sich und andere belogen, dass sich die Balken bogen ... und jetzt hat er auch noch Hannah, seine eigene Tochter, ins Unglück gestürzt. Wie er wohl gestorben ist?«

»Keine Ahnung. Aber sicher nicht glücklich und bestimmt nicht frei. Ich weiß nicht, wie man mit solch einer Last überhaupt leben kann. Aber es muss wohl irgendwie gehen. Das gilt ja nicht nur für ihn, sondern für all die Nazis, die allein in unserer Stadt bis 1945 10.000 Juden, Bürger dieser Stadt, in die KZs geschickt hatten. Ich weiß nicht, ob du darüber informiert bist, Leon, aber noch am 14. Februar 1945, als der Krieg schon in den letzten Zügen lag, haben die Nazis Viehwagen geordert und einen Transport nach Theresienstadt organisiert. Es ist für uns kaum vorstellbar, aber sie haben tatsächlich zu diesem Zeitpunkt noch die letzten Juden zusammengetrieben, um dem Führer in seinem Bunker in Berlin eine hundertprozentig judenfreie Stadt präsentieren zu können. Von den 10.000 Deportierten haben 179 überlebt. Unvorstellbar! Da waren Monster am Werk, wahre Monster. Aber vergessen wir nicht die kleinen Leute, Leon, die Spießbürger, die Mitläufer, die Duckmäuser, die Krämerseelen und die Tausenden von Kuratoren, die nach den Bildern der Juden gegiert und sie ihren Museen einverleibt haben. Es wird vermutet, dass noch heute in rund 2.300 Sammlungen deutscher Museen ein Raubkunstverdacht nicht auszuschließen ist. Um nochmals auf die Krämerseelen und Mitläufer zurückzukommen, möchte ich auch daran erinnern, dass allein in unserer Stadt Frankfurt, die heute so friedlich und so stolz auf ihre Liberalität ist, bei insgesamt 15.000, ich wiederhole, bei *fünf-zehn-tausend* öffentlichen Versteigerungen jüdischen Eigentums deren Besitz an die Bürger der Stadt ,*verteilt*' wurde. Anders kann man dieses Vorgehen nicht ausdrücken. Wie viel sogenannte normale Menschen haben da wohl zugelangt? Da kann ich nur mit Primo Levi sagen: ›Es gibt Ungeheuer, aber die sind zu wenig, als dass sie gefährlich werden könnten. Wer gefährlich ist, das sind die normalen Menschen.‹ Das sollte sich jeder hinter die Ohren schreiben. Wir selbst und du im Besonderen haben es gerade am eigenen Leib erfahren dürfen, wie schnell es gehen kann, dem sogenannten ‚gesunden Volksempfinden‘ ausgeliefert zu sein, verunglimpft und an den Pranger gestellt zu werden.«

»Ich habe das nicht gewusst«, sagt Leon, »es ist in der Tat der pure Wahnsinn, was damals hier in der Stadt, in der wir heute versöhnlich leben, geschehen ist. Und mein Großvater war einer von denen. Grauselig!«

»Ja, es ist entsetzlich. Wir sollten es nie vergessen. Diese Dinge sollten aber nicht das Heute und das Morgen beherrschen. Man muss versuchen, *sein* Leben zu leben und sich nicht von Dingen, die man nicht mehr ändern kann, unterkriegen zu lassen. Man kann mal scheitern. Aber die Größe eines Menschen liegt nicht darin, niemals zu fallen, sondern immer wieder aufzustehen. Sein Leben zu gestalten, heißt auch, ich habe es vorhin bereits angedeutet, nicht jedem alles preisgeben zu müssen. Ein bisschen Geheimniskrämerei gegenüber anderen ist erlaubt. Jeder trägt seine großen und kleinen Geheimnisse mit sich herum. Da sage ich dir wahrscheinlich nichts Neues. Aber was ist der Kern dieser Verschlossenheit? Meine These ist: Geheimnisse sind die individuelle Formmasse der eigenen Identität. Je nachdem, welche man wem lüftet – oder eben nicht –, wird man von diesem Gegenüber als eine Person mit spezifischen Eigenheiten wahrgenommen. Jeder kann also, in gewissen Grenzen natürlich, sein Bild nach seinen Wünschen formen und auch, wenn er etwas von sich behauptet, was nicht stimmt, und diese Lüge für sich behält, sein äußeres Erscheinungsbild aktiv manipulieren.

Geheimnisse bilden aber auch ein Art Schutzschild gegen Angriffe auf die Individualität. Mit ihnen wird der Mensch verrätselt, undurchschaubar, unverfügbar. Um in deiner literarischen Welt zu bleiben, die Lebensinnerlichkeit bleibt für Außenstehende eher romanhaft. Die Leser können sich in den Roman vertiefen, ihn interpretieren und versuchen zu verstehen, was darin geschieht. Was dabei herauskommt, ist jedoch hochgradig individuell: Jeder liest und interpretiert den Text auf seine Weise. Jeder entdeckt etwas anderes. Jedem ist ein anderes Detail wichtig. Jeder entdeckt andere Zusammenhänge, andere Verbindungen zu sich selbst. Das Gleiche gilt für einen Menschen. Das Gesamt-Ich bleibt in gewissen Grenzen verschlüsselt. Wenn jemand Interesse an einem Menschen zeigt oder ihn liebt, wird er sich bemühen, so viele Facetten wie möglich kennen zu lernen, und er wird gleichwohl bejahen, dass er niemals in der Lage sein wird, diesen Menschen ganz enträtseln zu können. Und er wird ihn, so wie er ihm erscheint oder wie er sich ihm gegenüber offenbart, annehmen und ihm vorbehaltlos seine Liebe schenken ...«

Michel unterbricht sich plötzlich, so als ob ihm erst jetzt bewusst wird, in welchem Maße er gerade dabei ist, seine intimen Gedanken vor Leon auszubreiten.

»... Jetzt sind wir aber doch sehr vom Thema abgekommen.«

»Ja, aber ich freue mich über diesen kleinen Exkurs und danke dir für deine offenen Worte, Papa. Wir sollten vielleicht häufiger mal über Dinge sprechen, die außerhalb unserer gemeinsamen geschäftlichen Aktivitäten liegen. Was meinst du?«

Michel lächelt seinen Sohn an und nickt. Er freut sich, dass sie sich angesichts der schwierigen Situation von Hannah, die beide auf je unterschiedliche Art belastet, angenähert haben, nachdem sich in den letzten Jahren eine unübersehbare Distanziertheit zwischen ihnen aufgebaut hatte, die von beiden gespürt und durch

Ironie und manche Sarkasmen überbrückt, aber nie thematisiert worden war.

»Wir sollten uns die Zeit nehmen, Leon. Es ist nie zu spät zu tun, was die Zeit zu tun erfordert ... Lassen wir das so stehen. Bist du damit einverstanden, wenn ich Scheffer zu mir einlade und mit ihm rede? Dann werden wir sehen, wie er sich entscheidet, und ob ich ihn bei mir einstelle oder ob er weiterhin deinem Team zur Verfügung steht.«

»Was die Zeit zu tun erfordert? Wenn man das immer wüsste. Aber es war an der Zeit, miteinander zu sprechen. Ich danke dir für die offenen Worte. Es hat gut getan. Was Scheffer angeht, bin ich mit deinem Vorschlag einverstanden.«

Dr. Lutz Scheffer erscheint pünktlich zu der vereinbarten Zeit. Er trägt einen taubenblauen Anzug, eine grell rote Krawatte und einen Dreitagebart. Als Michel Angelo ihn in sein Arbeitszimmer führt, steigt ihm der Geruch seines Parfums in die Nase, das eher zu einem Rendezvous mit einer Dame gepasst hätte als zu einem nüchternen Arbeitsgespräch.

Scheffer folgt seinem Gastgeber mit wippendem Gang und lässt sich in einen Sessel fallen. Er schlägt die Beine übereinander, rückt seine moderne, schwarzgerandete Brille zurecht und fragt, ob er rauchen dürfe. Michel hat nichts dagegen. Scheffer zündet sich ein Cohiba Club Zigarillo an, wie Michel auf der Packung lesen kann. Er leistet sich etwas Gutes, so schlecht scheint ihn mein lieber Sohn nicht zu bezahlen, denkt Michel. Er selbst hatte vor zwanzig Jahren aufgehört zu rauchen, liebt aber immer noch den Geruch guten Tabaks.

Er sagt ihm geradeheraus, dass er ihn in sein Büro gebeten habe, um ihn ein weiteres Mal um Hilfe zu bitten. Es gehe um zwei Projekte, ein kürzeres und ein langfristiges, die nur im Rahmen einer sehr vertrauensvollen Zusammenarbeit zu bewältigen seien. Bevor er aber auf Einzelheiten eingehen würde, hätte er gerne vorab gewusst, ob er grundsätzlich bereit wäre, seinen Job im Verlag aufzugeben und für ihn zu arbeiten. Wenn ja, fordere er von ihm, sich mit Leib und Seele in diese Aufgaben hineinzugraben und bei alldem strenges Stillschweigen gegenüber Dritten zu bewahren. Er würde ihn gut bezahlen und er sei sicher, dass er, Lutz Scheffer, langfristig von der Zusammenarbeit mit ihm profitieren würde.

Während er dies sagt, beobachtet Michel Angelo sein Gegenüber genau. Er will wissen, ob

Scheffer taktieren und abwarten würde, was er ihm alles zu bieten habe, oder ob er sich spontan und ohne Bedenken eine Zusammenarbeit mit ihm vorstellen könne. Wenn er spüren sollte, dass Scheffer es nur auf ein gutes Gehalt und Sicherheit abgesehen habe, würde er von dem Vorhaben mit Scheffer ablassen und sich anderweitig umsehen, so war seine Verhandlungsposition. Er braucht jemanden, der sich quasi mit Haut und Haaren ihm verschreibt, auf den er sich bedingungslos verlassen kann.

Scheffer sagt ohne zu zögern zu und betont, dass es ihm eine Ehre sei, mit Angelo zusammenarbeiten zu dürfen. Er halte große Stücke von ihm und wisse das Angebot zu schätzen. Seiner Verschwiegenheit könne sich Angelo absolut sicher sein, wie er das schon bei seiner vergangenen Recherche bewiesen habe.

Michel Angelo ist zufrieden sowohl mit der verbalen Antwort wie auch mit Scheffers Körpersprache, die geradlinig und in keiner Weise zögerlich war.

Michel Angelo lehnt sich entspannt in seinen Sessel zurück und klärt ihn über die Details seiner Projekte und Visionen auf.

Das kurzfristige Projekt beträfe diejenigen Bilder, die er von seiner Mutter bekommen habe, die aber nicht im Besitz der Familie Abendroth gewesen waren. Er befürchte, sagt er, dass diese Bilder im Dritten Reich Juden enteignet worden waren oder aber, dass sich diese Juden in einer Zwangslage befunden hätten und erpresst worden waren, billigst zu verkaufen. Er müsse unbedingt Klarheit über diese Bilder haben und wolle wissen, wer die Täter und die Opfer seien. Es sei ihm unerträglich, auch nur ein einziges dieser Bilder in seinem Haus zu haben, die ihn täglich an die unsäglichen Leiden dieser Menschen erinnern würden. Trotz des Washingtoner Abkommens, das eine Restituierung von Bildern aus Privatbesitz nach der Verjährungsfrist nicht mehr vorsähe, wolle er wenigstens privat Wiedergutmachung leisten. Er habe die Bilder, bei denen die Herkunft unklar sei, bereits der Koordinierungsstelle in Magdeburg gemeldet. Sie betreibe, wie er vielleicht wisse, die *Lost Art Internet-Datenbank*. Sie diene der Erfassung von Kulturgütern, die infolge der nationalsozialistischen Gewaltherrschaft und der Ereignisse des Zweiten Weltkriegs verlagert oder – insbesondere jüdischen Eigentümern – verfolgungsbedingt entzogen worden waren. Falls sich keine Erben ausfindig machen ließen, sei er mit Einverständnis seiner Frau gewillt, sie ohne Honorar einem Museum zu schenken.

Das zweite, langfristige Projekt, das ihm vorschwebe und das seine Fantasie in hohem Maß beflügeln würde, sei, zu erforschen, ob es eine Systematik hinter den Aktivitäten auf dem Kunstmarkt gäbe. Was auf den ersten Blick einfach aussehe, sei jedoch ein äußerst kompliziertes Vorhaben. Es sei wie bei einem Spieler: Obgleich dieser weiß, dass das Glück und der Zufall bei einem Spiel eine große Rolle spielen, lässt er sich von diesen Unwägbarkeiten nicht beirren, da er überzeugt ist, dass jedes Spiel gewissen Regeln folgt, mit deren Hilfe er das Glück bis zu einem gewissen Grad erzwingen und das Spiel zu seinem Gunsten lenken kann.

Fragen über Fragen, die nach einer schlüssigen Antwort rufen. Wie und durch wen werden die Preise der Kunstobjekte beeinflusst, welches Gewicht haben die einzelnen Marktteilnehmer bei der Preisfindung? Welche Bilder sind *out*? Welche Themen, welche Künstler sind *in*? Wie werden Themen und Künstler von den Medien und den großen Auktionshäusern gepusht? Wie erlangt ein Werk Reputation? Welches Gewicht haben Qualität und Ästhetik der Bilder auf den Preis, welche Rolle spielen Kunstkritiker, Investoren, welche die Kunstliebhaber und welche die Galeristen, die professionellen Kunstsammler, welche die Mafia? Ist es möglich, Verhaltensalgorithmen zu entwickeln, mit deren Hilfe das Verhalten der Marktteilnehmer vorhergesagt werden könne? Wie kann der Markt gesteuert werden? Wie sensibel reagiert er auf Veränderungen auf der Angebotsseite, welches Gewicht hat die Nachfrageseite? Kurzum, ihm schwebe eine umfassende Theorie des Kunstmarketings vor, die Erarbeitung einer Markttheorie der Kunst.

Michel Angelo sieht Lutz Scheffer erwartungsvoll in die Augen, als er seinen Vortrag beendet hat. Er will lesen, was in ihm vorgeht, was für einen Eindruck er bei ihm hinterlassen hat. Er sieht, dass es in Lutz arbeitet, dass er versucht, das, was er gehört hat, zu ordnen, aber seine Miene verrät nicht, wie er darüber denkt, lässt keinen Schluss zu, ob er sich zutraut, das gigantische Vorhaben zu realisieren, oder ob er es für ein Hirngespinst eines alternden Menschen hält, der sich und der Welt ein Denkmal errichten will.

»Was halten Sie von der Idee, Lutz?«, fragt nach einer Weile Michel Angelo, der seine Neugier nicht mehr zügeln kann.

Lutz Scheffer scheint die Frage nicht gehört zu haben und blickt leer vor sich hin.

»Herr Scheffer, haben Sie gehört, was ich Sie gefragt habe?«, fordert Michel seinen potenziellen künftigen Mitarbeiter nochmals zu einer Stellungnahme auf.

»Ja, ich habe Sie gehört. Entschuldigen Sie mein Zögern, Herr Angelo, ich versuche mir Klarheit darüber zu verschaffen, was das, was sie beschrieben haben, bedeutet. Es ist eine Herkulesaufgabe, aber spannend, ungemein spannend und anspruchsvoll. Es ist eine Lebensaufgabe ... Sie sind aber, entschuldigen Sie, wenn ich das so sage, keine Dreißig mehr.«

Michel muss schmunzeln und nickt zustimmend. Es war eine Antwort nach seinem Geschmack.

»Nein, *ich* nicht, aber *Sie* sind in den Dreißigern, wenn ich richtig informiert bin. *Sie* könnten es sich zur Lebensaufgabe machen. Ich habe vor, eine Stiftung zu gründen. Sie werden ein eigenes Büro mit Sekretärin und Mitarbeitern Ihrer Wahl erhalten. Und ich werde Ihr jetziges Gehalt verdoppeln, falls Sie an dieser Lebensaufgabe, wie Sie es nennen, interessiert sind. Wenn ich sterben sollte, bevor Ergebnisse vorliegen, läge es an Ihnen, das Projekt alleine weiterzuführen.«

»Was ist, wenn wir scheitern? Bei solch einem Projekt ist das nie auszuschließen. Zu viele

Unwägbarkeiten und Zufälle spielen im Kunstmarkt eine Rolle. Außerdem haben wir es in diesem Markt mit einem sehr widerspenstigen Objekt, nämlich Kunst, zu tun, die sich nach gängiger Meinung einer objektiven Bewertung zu entziehen scheint. Scharlatane, Spekulanten, Finanzjongleure, Kunstliebhaber und eigensinnige, kapriziöse Künstler, alles Leute, die unberechenbar und schwer zu fassen sind, beherrschen den Markt, wie soll man daraus eine schlüssige Kunstmarkttheorie entwickeln?«

»Alles richtig, Lutz. Und doch lassen sich klare Tendenzen beobachten. Ich könnte Ihnen schon heute einige Künstler nennen, die es mit einiger Wahrscheinlichkeit in die Top 100 der Welt schaffen werden. Denken Sie auch an David Dembruck, dem es aus dem Nichts gelungen ist, seine Werke für Riesensummen zu verkaufen ... Aber natürlich können wir auch scheitern – aber dann scheitern wir eben. Ich will es wenigstens versucht haben, gemäß meiner Devise: was man will, soll man tun – oder zumindest versuchen zu tun. Ich denke, meine Millionen sind gut angelegt in diesem Projekt. Der Finanzmarkt ist ebenfalls gespickt mit Spekulanten und Unwägbarkeiten, und trotzdem gibt es eine Finanzmarkttheorie.«

»Ich bräuchte Spezialisten, die etwas davon verstehen, Wahrscheinlichkeiten in Zahlen zu packen, wie zum Beispiel Ökonometriker und Statistiker.«

»Das ist mir klar. Sie bekommen alle, die Sie für ihre Arbeit benötigen. Von mir aus können Sie das Vorhaben auch für eine spleenige Idee halten, die sich ein alternder Kunstliebhaber in den Kopf gesetzt hat. Es ist mir egal. Aber Sie müssen mir versprechen, Ihre ganze Energie dafür zu mobilisieren und sich der Sache voll und ganz verschreiben. Ich bin von Ihren Fähigkeiten überzeugt und Sie könnten Geschichte schreiben, wenn es Ihnen gelingt, eine schlüssige Theorie zu entwickeln. Außerdem, ganz bei null müssen wir nicht anfangen, es gibt viele Untersuchungen und Ansätze, den Kunstmarkt in den Griff zu bekommen. Es wurden bereits brauchbare Indizes für die Performance des einzelnen Künstlers entwickelt. Es gibt Dissertationen, Biografien von erfolgreichen Kunsthändlern – lesen Sie die Biografie von Konrad O. Bernheimer – und es gibt einige Forschungsergebnisse von renommierten Instituten. Wir wissen, dass der künstlerische Wert eines Werkes nicht etwas ist, was objektiv gegeben ist. Er erschließt sich nicht unmittelbar, sondern erst in kommunikativen Prozessen im Umfeld der Kunst. Also in einem

Geflecht kunsthistorischer Bezüge, in der Bezogenheit der Künstler untereinander und der Wertschätzung für den Künstler durch Experten, Museen und Galerien, dort also, wo Reputation produziert wird. Untersuchen Sie zum Beispiel die zurzeit zehn teuersten deutschen Maler: Gerhard Richter, Georg Baselitz, Andreas Gursky, Thomas Schütte, Anselm Kiefer, Neon Rauch, Günther Uecker, Thomas Struth, Rosemarie Trockel, Albert Oehlen auf solche Zusammenhänge und Prozesse, und ich bin sicher, Sie werden fündig werden. Oder studieren Sie den in Brooklyn lebenden Bradley, der im Jahr 2010 das erste Mal auf einer Auktion aufgerufen wurde: für 5.000 Dollar. Sechs Monate später wurde ein größeres Werk bei dem Auktionshaus Phillips in London für 60.000 angeboten, im Jahr 2012 wurde er bei Sotheby's für über 200.000 Dollar verkauft. Dann ein Jahr später, interessanterweise nach einem Interview mit der Kuratorin des Museum of Modern Art, wechselte ein Werk von ihm wiederum bei Phillips für 658.000 Dollar den Besitzer. Klopfen Sie diese Vorgänge sorgsam ab und, da bin ich mir sicher, Sie werden Zusammenhänge erkennen, wie es zu solchen Preisexplosionen kommt.«

Während Angelo spricht, erfasst Lutz Scheffer eine seltsame, innere Erregung, ein Lustgefühl, eine Aufgeregtheit, fast so wie damals, als er das erste Mal seiner Freundin Rosa gegenüber stand. Angelo hat ihm einen Spaltbreit die Tür zu einer neuen Welt geöffnet. Er hat einen Blick auf eine faszinierende, glitzernde Welt geworfen, die er nüchtern analysieren wird, um sie an seinen Fäden tanzen zu lassen, denkt er. Ja, vielleicht ließe sie sich sogar in Zahlen und Algorithmen fassen. Und er sieht mit seinem scharfen Verstand auch zugleich die potenziell zerstörerische Kraft einer solchen Herangehensweise an die Kunst, die für ihn bisher immer etwas Großes, Hehres, Erhabenes, Edles verkörpert hat.

»Haben Sie keine Angst, mit der Verwissenschaftlichung der Kunst diese selbst zu zerstören oder zumindest zu beschädigen?«, fragt Lutz. »Werden dann nicht alle Künstler entsprechend dieser Theorie ihre Arbeiten ausrichten, um berühmt zu werden und viel Geld verdienen zu können?«

Angelo betrachtet Lutz nachsichtig.

»Die Kunst wird, was wir vom Buchmarkt und der Literatur bereits kennen, kommerzialisiert werden. Noch mehr, als sie es ohnehin schon ist. Die Big Player der Finanzwelt drehen schon lange ein großes Rad in dieser Branche.

Das können wir nicht verhindern, lieber Lutz. Und es gibt schon heute pro Jahr nahezu hundertfünfzig Kunstmessen weltweit und die Zahl wird weiter steigen. Aber Sie verkennen bei alldem den Individualismus der Künstler. Sie werden sich nicht – zumindest nicht alle – verbiegen lassen. Wer hauptsächlich profitieren wird, sind die Kunsthändler und -sammler, die Galeristen, die Berater, die Finanzinvestoren und auch die Museen.

Lassen wir es aber vorerst dabei bewenden. Wir werden noch viel Gelegenheit haben, dieses Thema zu diskutieren. Aber eine ganz andere Sache liegt mir noch am Herzen. Ich habe vor einigen Jahren ein Bild von Dembruck mit dem Titel *Frauenakt I* an Alfredo Alesi verkauft. Die Adresse werde ich Ihnen noch geben. Ich möchte, dass Sie es im Namen der Stiftung zurückkaufen. Koste es, was es wolle.«

Lutz Scheffer hat mit äußerster Anspannung seinen Worten gelauscht, wobei sein Unterkiefer ständig in Bewegung war und seine bewegungslosen Augen Angelo zu durchbohren schienen.

»Nun, wie sieht es aus, Lutz? Wollen Sie sich dieser Herausforderung stellen?«

Nach kurzem Zögern steht Lutz Scheffer auf, reicht Michel Angelo die Hand und sagt breit lächelnd: »Ich mach's, Chef! Ich würde es mir später mit Sicherheit vorwerfen, wenn ich diese Gelegenheit ungenutzt vorübergehen ließe. Es ist eine große Chance für mich, die ich gerne an den Hörnern packen will, wenn ich mich mal so salopp ausdrücken darf.«

8

Hannah hört Michel leise die Treppe heraufkommen. Er zieht sich im Badezimmer aus, putzt sich die Zähne, geht in sein Schlafzimmer. Sie schaut auf die Uhr. Es ist schon spät in der Nacht. Seitdem er sein neues Institut gegründet hat, wird es häufiger spät. Er stürzt sich in die neue Arbeit, klammert sich geradezu an ihr fest, wie ein Ertrinkender an einen Rettungsring, denkt sie. Hat er mir nicht gesagt, dass er mehr Zeit für mich haben werde? Aber daraus wird wohl nichts werden, befürchtet sie. Sie hat sich gewundert, dass er sich die Kunstwelt nach so vielen Jahren plötzlich mit nicht gekannter Systematik und mit einer Akribie erschließen will, die, so wie sie ihn kennt, zu seiner frei assoziierenden Kreativität und ungebundenen, impulsiven Natur eigentlich nicht passt. Offenbar hat er in dem *Institut für internationales Kunstmarketing* oder kurz I-fiK, wie er sein neues Tummelfeld getauft hat, einen geeigneten Spielplatz für seinen nach wie vor überschäumenden Aktivitätsdrang gefunden. Aber das ist sicherlich nicht der einzige Grund, sich in neue Abenteuer zu stürzen, sinniert sie weiter. Ummantelt er damit doch auch seine bisherige Arbeit mit der Aura der Wissenschaftlichkeit. Sie hebt ihn aus der Masse der Kunsthändler und Galeristen heraus. Sie befriedigt darüber hinaus seinen Ehrgeiz und seinen Geltungsdrang – und vielleicht bringt sie ihm sogar einen immer schon heimlich angestrebten Professorentitel ein.

Neben diesen Aspekten scheinen jedoch seine neuerlichen Arbeitsgelüste auch noch einem völlig anderen Gesichtspunkt zu dienen, den er ihr vor einiger Zeit, als sie über das Altwerden gesprochen haben, in einem ironisch formulierten Nebensatz angedeutet hat, der auch etwas über eventuelle eigene Ängste aussagte. Seine Gedächtnisleistungen lassen allmählich etwas nach, sagte er, und da wäre es doch nicht schlecht, sich einem Cybergedächtnis anvertrauen zu können, das gewissenhaft die entstehenden Lücken zu schließen in der Lage ist. Lutz mache eine fantastische Arbeit und habe bereits in dieser kurzen Zeit eine Datenbank aufgebaut, die ihresgleichen sucht. Mit einem einzigen kleinen Klick könne er sehen, was in den Auktionshäusern Chinas geschieht, wer in New York einen Rothko zu welchem Preis ersteigert hat oder welcher Künstler gerade in Berlin gefeiert wird.

›Ist das nicht toll? Die Welt öffnet sich mir, während mein Gehirn ein kleines Nickerchen machen kann‹, hört sie ihn sagen.

Er freut sich wie ein Kind über die Möglichkeiten, die ihm der Computer eröffnen kann. Er ist ein großes Kind geblieben, das sich eine unschuldig-naive Freude bewahrt hat. Vielleicht will er sich aber auch nur ein Denkmal des Nicht-Vergessen-Werdens setzen und nicht am Ende seines Lebens, ohne sichtbare Spuren zu hinterlassen, in ein Nichts, dessen Vorhandensein eine seiner großen Überzeugungen ist, verschwinden.

Er stopft sich mit Arbeit voll. Ein bisschen kann sie es verstehen, da sie ihm, wie sie selbstkritisch feststellen muss, im Moment mehr Last als Freude ist. Er nimmt wenig Notiz von ihrem Alltagsleben und ihrer Arbeit im Verlag, dem sie sich seit Beginn der therapeutischen Sitzungen nur noch halbtags widmet. Die Therapiestunden sind belastend und absorbieren einen Großteil ihrer Energie. Über Inhalte oder Fortschritte ihrer Therapie spricht er mit ihr nur, wenn sie es will. Sie rechnet ihm diese Rücksichtnahme – oder ist es Ignoranz, Desinteresse? – hoch an, da sie sich im Moment nicht in der Lage fühlt, mit ihm über das, was in den Sitzungen zur Sprache kommt, zu reden.

Hannah ist bemüht, mit sich ins Reine zu kommen. Sie konzentriert sich voll und ganz auf das eigene Innenleben. Ihr ist dabei bewusst, wie weit sie mit ihrem Verhalten zwangsläufig Michel aus ihrem Leben ausschließt, was wiederum sie selbst stark belastet und ihr schlechtes Gewissen befeuert. Michel scheint jedoch ihre Achtlosigkeiten und Zurückweisungen klaglos hinzunehmen. Wie lange noch? Oder hat er schon eine heimliche Geliebte, die ihn so ausgeglichen und zufrieden mit sich erscheinen lässt?

Als sie keine Geräusche mehr aus seinem Schlafzimmer vernimmt, verlässt Hannah ihr Bett, legt ihr Ohr an seine Tür. Als sie sicher ist, dass kein Licht mehr brennt und er schläft, öffnet sie die Tür geräuschlos. Behutsam legt sie sich neben ihn. Sein Atem geht ruhig und gleichmäßig. Einige Lichtstreifen zwängen sich von außen durch die nicht ganz geschlossene Jalousie. Sie betrachtet seinen breiten, leicht behaarten Rücken und streichelt vorsichtig den Haaransatz in seinem Nacken. Der angenehme, typische Duft seines warmen Körpers dringt in ihre Nase. Wie sehr vermisst sie den Körper, dem sie sich seit mehr als einem Jahr verweigert! Michel dreht sich auf den Rücken und murmelt etwas im Schlaf, das sie nicht versteht. Dann plötzlich hört sie ihn deutlich vernehmbar sagen:

»Mein Kopf, was ist mit meinem Kopf? Ich darf nicht vergessen ... mein Kopf ist tot.«

Hannah zieht erschrocken ihre Hand zurück und richtet sich auf, um zu sehen, ob er wach ist, so deutlich und klar ist seine Stimme gewesen. Er schläft weiterhin fest, dreht sich zur Seite, das Gesicht zu ihr gewandt, und es scheint ihr, als ob er sie anlächelt. Sie bleibt still liegen, bis sein Atem wieder ruhig geht. Sie beugt sich zu ihm, ihre Lippen berühren die seinen. Sie küsst ihn zärtlich. Lange bleibt sie wach neben ihm liegen, sieht den Schlafenden an, dessen Gesichtszüge den ihren so ähnlich sind. Sie betrachtet seinen Mund. Wie sie selbst hat er kräftige, volle Lippen. Aber im Gegensatz zu ihrer Mundpartie, die eher Sinnlichkeit verheißt, deutet die von Michel im Zusammenspiel mit seiner kantigen, energischen Kinnpartie eine gewisse Maßlosigkeit und Lebensgier an. Sie küsst ihn wieder und wieder und streichelt seinen Körper. Erst im Morgengrauen schläft sie an seiner Seite ein.

An diesem Abend haben sie in ihrem Haus zu einer kleinen, internen Feier zum einjährigen Bestehen des Instituts Lutz Scheffer mit seiner Freundin Rosa, Leon mit seinem Lebensgefährten und ihre langjährigen Freunde, den Kulturdezernenten Oskar Dux mit seiner Frau, eingeladen. Hannah fühlt sich nach der vergangenen Nacht und den

Zärtlichkeiten, die sie ihm heimlich ohne Scheu und Scham gewähren konnte, entspannt wie schon seit Monaten nicht mehr.

Lutz, der sich einen kleinen Kinnbart im Stile D'Artagnans hat wachsen lassen, begrüßt Hannah mit einem Handkuss und überreicht ihr einen Strauß roter Rosen. Er stellt ihr seine Freundin Rosa Vonderbank vor, eine junge, hübsche Frau von knapp dreißig Jahren. Sie hat den auffallend hellen Teint aller Rothaarigen, blaue Augen, Sommersprossen und eine lockige Haarpracht, die ihr bis auf die Schultern fällt. Rosa drückt Michel eine Flasche Weißwein in die Hand. Sie zaubert, wie Hannah das sofort registriert, ein einnehmendes Lächeln auf ihr Gesicht, als er ihr aus dem Mantel hilft.

»Vielen Dank, das ist sehr liebenswürdig. Alte Schule«, sagte Rosa laut genug, dass es auch ihr Freund, dem sie einen herausfordernden Blick zuwirft, hören kann. »Leider haben sich viele junge Leute heutzutage diese nette Geste abgewöhnt.«

Sie trägt ein bodenlanges, eng anliegendes, rotes Kleid mit einem tiefen Rückenausschnitt.

»Wie kann man einer Frau wie Ihnen keine Aufmerksamkeit schenken«, antwortet Michel galant und führt das Paar an den Esstisch, wo bereits die anderen Gäste Platz genommen haben. Als er sich setzen will, greift er an seinen Kopf, massiert seine

Schläfen und verzieht das Gesicht, als ob er Schmerzen hätte.

Hannah beobachtet ihn. Während Rosa sich hinsetzt, sieht sie, wie seine Augen den Körper der jungen Frau abtasten und sie spürt die Eifersucht auf die frische Jugendlichkeit, die Rosa ausstrahlt, in ihr nagen. Eine unschuldige Anmut, die ich im Getriebe des Lebens leider verloren habe, denkt Hannah.

»Arbeiten Sie auch im Institut meines Mannes?«, fragt Hannah Rosa, die neben ihr Platz genommen hat.

»Nein, nein, ich arbeite an der Universitätsklinik.«

»Dann kennen Sie meinen Mann gar nicht?«

»Nein, ich sehe Ihren Mann heute zum ersten Mal«, sagte sie ohne Zögern, »habe allerdings schon einiges von ihm gehört, trotz meiner noch jungen Bekanntschaft mit Lutz. Er spricht viel und in hohen Tönen von Ihrem Mann und ich freue mich, Herrn Angelo endlich persönlich kennenlernen zu dürfen.«

»Sie kennen Herrn Scheffer noch nicht lange?«

»Nein, wir haben uns erst vor drei Monaten kennengelernt ...«

»... und verliebt. Sehen Sie es mir bitte nach, wenn ich so direkt bin, aber sie beide strahlen etwas sehr Inniges aus. So wirken Sie jedenfalls auf *mich*.«

Hannah legt ihre Zweifel ab. Sie ist sich sicher, dass Michel mit Rosa keine Affäre hat oder hatte.

»Ja, und verliebt«, sagt sie lächelnd.

»Darf ich Sie fragen, mit was Sie sich an der Uni beschäftigen?«

»Ich bin Ärztin am Zentrum für Neurologie und Neurochirurgie und auch in der Forschung tätig.«

»Ein hochinteressantes Gebiet, die Hirnforschung ...«

Hannah unterbricht sich, weil Michel aufgestanden ist, um ein paar Worte zu der kleinen Runde zu sagen.

»Ihr wisst, warum wir uns heute Abend hier getroffen haben. Deswegen auch nur ganz kurz ein paar Worte des Dankes, an den, der im vergangenen Jahr Hervorragendes geleistet hat und ohne den das Institut nicht da wäre, wo es heute steht. Ihnen lieber ...«

Michel unterbricht sich und grinst verlegen.

»Ihnen lieber ... äh ... Freund, fährt er fort, ist es mit Ihren Mitarbeitern in dieser kurzen Zeit gelungen, aus dem Nichts etwas geschaffen zu haben. Sie haben – Oskar, da wirst du mir sicher zustimmen – den Ruf Frankfurts als Kultur- und Kunststadt gestärkt und mich zu einem glücklichen Menschen gemacht. Es ist Ihnen gelungen, was als Zwischenziel erst in einigen Jahren angepeilt war, einige Kunst-

werke und Künstler aus der Masse der Juden zu se-
lektieren und Leonie nach Auschwitz zu depor-
tie...«

Die Gäste sehen Michel entgeistert an. Hannah
stößt einen kurzen Schrei aus, hält sich erschrocken die Hand vor den Mund und blickt zu Rosa, als
ob diese wüsste, was das zu bedeuten hat.

Michel zuckt zusammen, schaut verwirrt um
sich und unterbricht erneut seine Ansprache. Er
greift sich an die Schläfen und massiert sie zum
wiederholten Mal.

»Entschuldigt bitte den ..., den Versprecher, ich
rede ja völligen Unsinn.« Er klopft sich an den Kopf,
als versuche er die wirren Gedanken abzuschütteln.
»Ich meine natürlich, dass es Ihnen, lieber ...«, Hannah flüstert ihm hinter vorgehaltener Hand den Namen zu, ».. dass es Ihnen, Lutz, gelungen ist, einige
Kunstwerke und Künstler aus der großen Masse
der Bilder herauszufiltern, die Potenzial haben. Sie
haben mit Hilfe der vom Institut entwickelten Zeit-
reihen, Indizes und Algorithmen die Wertentwick-
lung dieser Bilder prognostiziert und die Prognose
empirisch verifiziert. Großartig! Natürlich ist der
Zeithorizont noch etwas kurz, um sagen zu können,
ob das System insgesamt funktioniert, aber es sind
doch vielversprechende Ansätze. Nochmals vielen
Dank für die geleistete Arbeit und ich hoffe, dass

Rosa, Ihre reizende neue Freundin, die Sie mir bisher verheimlicht haben, Sie in Zukunft nicht allzu sehr von Ihrer zukunftsweisenden Arbeit ablenken wird.«

Michel lächelt nach der Rede verlegen in die Runde und verlässt fluchtartig den Raum. Er habe starke Kopfschmerzen, sagt er. Er geht in das Badezimmer und muss sich erbrechen. Auf dem Badewannenrand sitzend nimmt er zwei Kopfschmerztabletten ein und wartet deren Wirkung ab. Er ist beunruhigt wegen der Gedächtnisaussetzer und der abstrusen Sinnverdrehung mitten im Satz. Er hat normalerweise ein gutes Namensgedächtnis und solch sinnlose Sätze wie vorhin sind noch nie aus seinem Mund gekommen. Es ist ihm überaus peinlich, dass er seine Gedanken nicht mehr im Griff zu haben scheint. Er fragt sich, ob sich sein Gehirn jetzt selbständig macht und alles aus seinem Kopf heraustropft wie aus einer undichten Gießkanne.

Als die Übelkeit allmählich nachlässt und auch die Kopfschmerzen ihn nicht mehr allzu stark quälen, geht er wieder zu seinen Gästen. Er versucht, das Geschehene zu überspielen und mimt wieder den vollendeten Gastgeber. Die Gäste spielen mit und bald schon ist sein Lapsus in den Hintergrund gedrängt, wenn auch nicht vergessen.

Hannah ist beschwipst und hat sich bei Michel untergehakt, als sie spät in der Nacht die Treppe zum Obergeschoss hinaufgehen.

»Ist mit dir wieder alles in Ordnung, Angelino?«, fragt sie ihn betont leichthin. »Das war nun wirklich ein kurioser Versprecher vorhin beim Essen. Ist dir so etwas in letzter Zeit schon öfter passiert?«

»Nein, ich weiß nicht, was da mit mir geschehen ist. Irgendwelche Synapsen in meinem Hirn haben sich wohl selbständig gemacht und sich falsch verdrahtet.«

»Und sonst ist in deinem Kopf alles in Ordnung?«, witzelte Hannah. »Weißt du noch, wie dein Mitarbeiter heißt?«

»Ja, ja.«

»Und die Kopfschmerzen, sind die auch weg?«

Michel sieht sie an und grinst. »Hast du noch was vor mit mir, oder warum fragst du so penetrant? Alles ist wie weggezaubert. Ich fühle mich pudelwohl. Zufrieden?«

»Gut, dann lass uns zusammen ins Bett gehen, wenn du willst«, sagt sie und stellt sich auf die Zehenspitzen, um ihm einen Kuss zu geben.

»Ja, ich will!«

»Das klingt jetzt fast so wie das Ja-Wort auf dem Standesamt.«

»Ist es nicht so was Ähnliches? Ich will nicht sagen ein Eheversprechen, aber eine Belebung unserer Ehe ist es schon. Wir sind schon eine Ewigkeit nicht mehr gemeinsam so unbekümmert in unser Schlafzimmer gegangen.«

Als sie im Bett liegen und seine Finger ihr Geschlecht berühren, zuckt sie zusammen. Er spürt es, zieht seine Hand zurück und flüstert ihr ins Ohr: »Du musst nicht, wenn du nicht willst.«

»Lass mir noch etwas Zeit, Angelino. Ich dachte, ich bin so weit. Irgendetwas schnürt sich in mir zusammen. Es tut mir leid. Ich würde gerne mit dir schlafen und dich in mir spüren, aber ich kann es nicht. Ich empfinde Lust, wenn du mich so berührst, aber ich gestehe mir die Lust nicht zu. Etwas in mir schreit, du darfst das nicht und tötet mein sexuelles Empfinden! Ich komme gegen dieses Gefühl nicht an. Ich mag deinen Körper berühren und ich mag, wenn du mich streichelst und wir zärtlich miteinander sind. Zu mehr bin ich im Augenblick nicht fähig.«

»Du brauchst dich nicht entschuldigen. Irgendwann wirst du dich mir wieder öffnen können. Da bin ich mir ganz sicher. Es kann ja nicht einfach verschwinden, was uns jahrzehntelang gefallen hat.« Er sieht lange in ihre glänzenden Augen und fügt schmunzelnd hinzu: »Auch wenn uns vielleicht nicht gleich ›Wollustfunken aus den Augen regnen‹

werden, wie das der heißblütige Schiller über sein Angebetete Stuttgarter Wirtin Luise Dorothea Vischer einmal sehr poetisch ausgedrückt hatte, aber wir werden den Zauber der körperlichen Liebe mit Sicherheit wieder beleben und erleben können.«

Am Morgen findet Michel sich allein im Bett wieder. Er hört Geräusche aus dem Badezimmer. Sie putzt sich die Zähne. Er geht zu ihr und sieht sie an. Sie versteht seine stumme Frage und strahlt: »Es ist nichts, Liebster. Du hast heute in der Früh permanent mit dir gesprochen, und wenn du mal nicht gesprochen hast, hast du geschnarcht. Da habe ich das Weite gesucht. Das ist der einzige Grund, warum du heute Morgen allein warst. Es war eine schöne Nacht neben dir.«

»Was habe ich denn alles so erzählt?«

»Es war alles ziemlich zusammenhanglos und ergab keinen Sinn. Einmal hast du von mir gesprochen, dann wieder von Lutz und von dem Frauenakt, den Dembruck gemalt hat. Du hast auf Dembruck geschimpft. Du hast davon gesprochen, dass du ihn aus deinem Leben verbannen willst. *Er soll gefälligst ›verduften‹*. Das waren exakt deine Worte. Du warst eine Weile still. Plötzlich hast du gestöhnt und etwas genuschelt: ›Er gehorcht mir nicht mehr. Er macht, was er will. Er macht mich verrückt.‹ Hast du eine Ahnung, was das bedeuten könnte?«

Michel weicht ihrer Frage aus.

»Ich habe eine vage Ahnung, was da in meinem Kopf vorgegangen sein könnte, möchte das aber für mich behalten.«

Sonnenstrahlen durchfluten sein Arbeitszimmer. Er sitzt am Schreibtisch, auf dem ein Glas mit Wasser steht, in dem eine Aspirintablette sprudelt. Er starrt die gegenüberliegende Wand an. Wieder plagen ihn rasende Kopfschmerzen. Scheiße, denkt er, irgendetwas ist los mit mir. Ich hatte früher so gut wie nie Kopfweh. Und was war denn das mit Lutz' Namen. Es kann sicher einmal passieren, dass man einen Namen von einer Person, die man länger nicht gesehen hat, vergisst, aber nicht von Jemandem, mit dem man praktisch täglich zusammen ist. Und dann auch noch dieser ominöse Lapsus, ein völlig aus der Luft gegriffener, in diesem Zusammenhang völlig sinnloser, ja schlimmer Versprecher. Er denkt daran, was er im Schlaf gesprochen hat. Natürlich war mit dem Satz *du gehorchst mir nicht mehr* mein Kopf gemeint. Er erinnert sich, dass ihm vor ein paar Tagen schon einmal etwas völlig Widersinniges plötzlich zwischen seine Gedanken gerutscht war. Er hat es Hannah verheimlicht. Es war nur eine Kleinigkeit. Er konnte es überspielen, so dass es niemand gemerkt hatte. Er hat es verdrängt. Jetzt ist es wieder präsent.

Michel will sich auf seine Arbeit konzentrieren. Es gelingt ihm nicht, irgendwelche zusammenhängende Gedankengänge abzurufen. Drängt sich ein Gedanke nach vorne, wird er sofort wieder von einem andern beiseitegeschoben. Es ist, als ob alles in seinem Kopf gleichzeitig zum Zuge kommen wolle, mit der Folge, dass sich einzelne Gedankengänge nicht behaupten können, alle scheinen miteinander verknäult zu sein. Er schüttelt den Kopf, als ob er so wieder Ordnung in seinem Kopf herstellen, seinen Gedanken wieder Struktur geben könne. Er trinkt sein Wasserglas aus, in dem sich das Aspirin in der Zwischenzeit aufgelöst hat. Schweißperlen bilden sich auf seiner Stirn und die Hände sind feucht.

Wo ist die innere Ordnung, die innere Gewissheit geblieben, auf die ich mich immer verlassen konnte? Die Angst ist es, die Verwirrung stiftet, denkt er. Aber woher rührt die Angst? Ist die Denkblockade eine Folge der Angst, die mich im Würgegriff hat? Oder resultiert die Angst aus dem momentanen Unvermögen, klare Gedanken fassen zu können? Ist meine innere Sicherheit wirklich im Schwinden begriffen? So wird es wohl sein, sagt er zu sich, denn im Prozess vom Status der Gewissheit in den der Ungewissheit entwickeln sich Furcht und Angstgefühle.

Michel sieht eine Welt vor sich ausgebreitet, in der alles verschwimmt, in der alles, wonach er greifen will, zerfließt, in der alles, was er denken will, sich wie eine Schönwetterwolke unter der heißen Sonne zersetzt, in der er sich selbst auflöst. Eine Welt, in der er nicht mehr wollen kann, in der er sich selbst als Individuum mit all seinen Befindlichkeiten aufgelöst und die Einsicht in das eigene Wollen verloren hat.

Er fängt an zu zittern und sein Herz pocht drohend, er sieht diese grauenhafte Welt deutlich wie ein Gemälde vor seinen Augen. Niemals! Niemals werde ich mich in diese Schattenwelt zerren lassen, ruft er trotzig in das leere Zimmer.

Er hält erschrocken inne und lauscht, ob jemand seine laut hinausgeschrienen Worte gehört hat. Nichts rührt sich.

Bevor ich nicht mehr über mich selbst bestimmen kann, ich nicht mehr weiß, wer ich bin, oder Schmerzen und Leid mich besinnungslos machen, werde ich das Selbstbestimmungsrecht für mich in Anspruch nehmen, spricht er im Flüsterton zu sich selbst weiter. Ich wurde nicht gefragt, ob und wann ich geboren werden wollte, ich werde auch niemanden fragen, wann und wie ich sterben will. Ich muss das selbst in die Hand nehmen, wenn es so weit ist. Bis es aber so weit sein wird, werde ich mich mit all dem, das ich bin, mit Leidenschaft mir selbst und meinen Zielen zuwenden. Ich weiß, dass Leidenschaft den Blickwinkel verengen kann, aber sie schärft auch den Blick für das Wesentliche, so wie ein Trichter den Strom einer Flüssigkeit zwar einengt, um sie dann aber mit umso stärkerem, scharfem Strahl das Ziel erreichen lässt.

In der Nacht kommen die Kopfschmerzen zurück. Michel richtet sich auf und legt drei Kissen unter seinen Kopf. Nach einiger Zeit lassen die Schmerzen etwas nach. Sobald er jedoch wieder flach auf dem Bett liegt, beginnt es erneut zu pochen. Um den unerträglichen Schmerzen zu entgehen, verbringt er einen Großteil der Nacht sitzend im Bett.

Am nächsten Tag geht er zu seinem Hausarzt, Dr. Hagemann. Er ist ein schon etwas älterer Herr mit rundlichem, immer etwas gerötetem Gesicht und weißgrauem Schnurrbart. Er kennt ihn schon lange und bringt ihm unbedingtes Vertrauen entgegen. Dr. Hagemann ist vielleicht nicht immer ganz auf dem allerneuesten Stand der Forschung, aber er hat Erfahrung und, was Michel noch wichtiger ist, er macht aus einer Mücke keinen Elefanten.

»Nun, was meinst du, Erich, was ist los mit mir?«, fragt Michel, nachdem er untersucht worden ist.

»Ich denke, du hast eine starke Migräne. Migräneschmerzen können aus heiterem Himmel auftauchen und unerträglich sein. Ich gebe dir ein starkes Migränemittel. Wenn es nicht besser wird, schlage ich dir eine Schmerztherapie vor. Bis dahin meide helles Licht und schone dich.«

»Das sagst du so leicht! Ich habe die nächste Zeit viel um die Ohren, einen Vortrag in Wien, einen in Leipzig und dann muss ich nach New York zu einer Auktion. Aber Danke, Erich, ich dachte schon, es ist etwas Schlimmeres. Ich muss mich damit abfinden, ein Leidensgenosse im Heer der Migränepatienten zu sein.«

»Ja, es gibt tragischere, folgenschwerere Erkrankungen«, sagt Dr. Hagemann lakonisch. »Vielleicht geht sie ja auch wieder von selbst weg.«

Hannah begleitet Michel nach Wien. Sie sitzt in der ersten Reihe, als er seinen Vortrag über das *Unbewusste in den Werken von Klimt, Schiele und Kokoschka im Wien der Jahrhundertwende* hält. Wie immer spricht er frei, ohne ein Manuskript vor sich. Plötzlich sieht sich Michel hilfesuchend nach Hannah um. Mitten im Satz scheint ihm der Faden gerissen zu sein. Er weiß nicht mehr weiter. Er lächelt ins Publikum, macht ein Witzchen, während Hannah nervös in ihrem Manuskript blättert, das er ihr gegeben hat. Sie souffliert wie im Theater, und er spricht weiter, als ob nichts geschehen wäre. Hannah blickt sich um, und tatsächlich scheint kaum jemand von dem neuerlichen Aussetzer Kenntnis genommen zu haben.

Im Hotelzimmer spricht sie ihn auf die peinliche Situation im Hörsaal an. Er sei müde und wolle jetzt nicht reden, antwortet er ihr mürrisch. Er sei beim Arzt gewesen, der Migräne diagnostiziert habe. Diese plage ihn jetzt schon seit einiger Zeit. Das sei alles.

Er setzt sich auf ein Sofa, streckt seine Beine aus und zehn Minuten später fällt sein Kopf nach hinten auf die Sofalehne. Er ist fest eingeschlafen. Hannah zieht ihm Jackett und Schuhe aus und deckt ihn zu. Sie betrachtet ihn lange. Er wirkt matt und hat eine fahle Gesichtsfarbe. Er ist alt geworden, denkt sie. Er hat viel von seiner Energie verloren. Sie geht in das Schlafzimmer ihrer Suite, versucht noch etwas zu lesen, aber die Gedanken überstürzen sich und lassen sie nicht einschlafen.

Sie ruft Lutz Scheffer an. Auf ihre Frage, ob ihm in den letzten Monaten eine Veränderung an Michel aufgefallen sei, druckst er lange herum. Sie kennt Lutz als einen Mann klarer Worte und wundert sich über seine ausweichende Antwort.

»Bitte, Herr Scheffer, sagen Sie geradeheraus, was Sie denken. Es bleibt unter uns.«

»Er leidet unter schrecklicher Migräne, aber das wissen Sie ja selbst.«

»Ist Ihnen sonst nichts aufgefallen? Bitte, seien Sie offen zu mir.«

»Er ist fahriger, unkonzentrierter als früher, und manchmal scheint es mir, dass er das Interesse an unserem gemeinsamen, großen Projekt verloren habe. Wenn wir länger miteinander reden, fällt es ihm schwer bei der Sache zu bleiben. Ich habe auch, selten zwar, aber immerhin, beobachtet, dass er während des Gesprächs kurz eingenickt ist. Das wäre ihm früher nie passiert. Er war immer sehr konzentriert bei der Sache.«

»Haben Sie mit ihm darüber geredet?«

»Um Himmels willen, nein! Er ist mein Chef und außerdem blockt er diesbezüglich alles ab.«

»Ich danke Ihnen sehr für Ihre offenen Worte. Bevor Sie auflegen, habe ich noch eine Bitte. Ihre Freundin Rosa ist doch Neurologin an der Uniklinik. Ich würde mich gerne mit ihr in Verbindung setzen. Könnten Sie mir bitte Ihre Telefonnummer in der Klinik geben?«

»Ja, selbstverständlich. Wenn Sie wollen, können Sie gleich selbst mit ihr sprechen. Sie ist hier bei mir.«

Rosa Vonderbank kommt ans Telefon und sie vereinbaren einen Termin.

»Behandeln Sie bitte unser Gespräch vorerst vertraulich. Mein Mann will sicher nicht, dass ich mich hinter seinem Rücken über seine Symptome kundig machen will.«

»Sie können sich auf mich verlassen. Alles bleibt unter uns.«

Rosa sitzt Hannah gegenüber hinter ihrem Schreibtisch. Sie trägt einen weißen Arztkittel. Auf der Brusttasche, in dem ein Kugelschreiber und ein Pager stecken, ist ein kleines Namensschild befestigt: Dr. Rosa M. Vonderbank. Auf die Lippen hat sie mit einem Gloss ein zurückhaltendes, blasses Rot aufgetragen. Ihre klaren, blauen Augen, die Hannah schon bei der ersten Begegnung in ihrer Wohnung aufgefallen waren, sind ungeschminkt und unterstreichen ihre natürliche, ungekünstelte Ausstrahlung. Die Einrichtung ihres Arbeitszimmers ist auf das Notwendigste beschränkt: Ein Schreibtisch, drei Stühle, ein Medizinschränkchen, eine Untersuchungsliege, davor ein schlichter Drehstuhl. Auf dem Schreibtisch steht ein Bild von Lutz Scheffer, an der Wand hängen gerahmte Plakate von Kunstausstellungen: ein Plakat kündigt die Ausstellung *Esprit Montmartre* in der Schirn in Frankfurt an, ein zweites bewirbt die Dalí-Retrospektive in der Reina Sofia in Madrid und ein Drittes die Richter-

Retrospektive im Centre Pompidou in Paris. Hannah kennt alle drei Kunstausstellungen und nimmt an, dass Rosa ebenso an Kunst interessiert ist und sie besucht hat. Hinter ihr, genau über ihrem Kopf, hängt eine Fotografie von Wolf Singer, dem berühmten Frankfurter Hirnforscher – mit Widmung.

»Frau Vonderbank«, beginnt Hannah das Gespräch, »ich weiß nicht, ob meine Beobachtungen von Bedeutung sind, aber ich würde gerne mehr Klarheit haben und mich gerne von Ihnen beraten lassen.«

»Ich freue mich, dass Sie zu *mir* gekommen sind und mich zu Rate ziehen wollen, Frau Angelo.«

»Es ist eine etwas heikle Sache und ich möchte mich nicht einem anonymen Arzt anvertrauen, den ich kaum kenne. Sie, Frau Vonderbank, habe ich auch etwas privat kennengelernt, ich habe Vertrauen zu Ihnen und Sie sind mir sympathisch, wenn ich das so offen sagen darf. Außerdem hat Lutz Sie enthusiastisch gepriesen.«

»Lutz ist sicher etwas voreingenommen. Liebe kann, wie Sie wissen, auch die klügsten Menschen blind machen. Selbstverständlich können Sie sich auf meine Diskretion als Ärztin verlassen und vielen Dank für Ihre Sympathieerklärung«, sagte Rosa schmunzelnd. »Erzählen Sie mir, was Sie beobachtet haben. Wenn ich Ihnen helfen kann, werde ich mein Bestes tun.«

Rosa Vonderbank hört Hannah konzentriert zu, ohne sie zu unterbrechen. Als Hannah geendet hat, macht sie sich einige Notizen, legt ihre Hände gefaltet auf den Schreibtisch und blickt mit offenen Augen in das ernste Gesicht von Hannah.

»Liebe Frau Angelo, was ich Ihnen jetzt sage, sind alles reine Vermutungen und Spekulationen. Um Genaueres sagen zu können, müsste ich Ihren Mann gründlich untersuchen. Es gibt heute hervorragende Möglichkeiten, die eine genaue Diagnose erlauben. Sie sagten, dass sein Hausarzt auf Migräne tippt. Das wäre eine Möglichkeit, aber ich halte es, nach dem, was Sie mir berichtet haben, für weniger wahrscheinlich. Was mich zu dieser abweichenden Annahme führt, sind zwei Beobachtungen: Einmal die Tatsache, dass ihr Mann weniger Schmerzen hat, wenn er sitzt oder zumindest den Kopf höher gelegt hat. Dies könnte darauf hindeuten, dass so bald Blut in den Kopf steigt, der Druck im Kopf sich erhöht und so den Schmerzreiz auslöst. Der zweite Punkt sind die gelegentlichen Gedächtnislücken und Sprachschwierigkeiten, die Sie erwähnten, und wovon ich selbst Zeugin geworden bin.«

»Worauf tippen Sie?«

»Nun, es könnte sich unter Umständen um einen Tumor im Gehirn handeln. Aber bitte, das ist zu diesem Zeitpunkt eine reine Vermutung, Frau Angelo.«

Hannah zuckt wie elektrisiert zusammen und starrt Rosa fragend an. Sie zittert und Tränen steigen ihr in die Augen. Rosa steht auf, geht zu ihr und nimmt sie in die Arme.

»Heißt das Krebs?«, flüsterte Hannah.

»Nein, es gibt viele Arten von Tumoren, gutartige und bösartige. Und dann käme es auch noch darauf an, wo er liegt, tief im Inneren oder an der Peripherie des Gehirns, ob in der Nähe wichtiger Gehirnareale oder nicht. Manche lassen sich gut operieren, manche nicht. Das alles könnten wir mit einem Elektroenzephalogramm und einer Magnetresonanztomographie sehr gut diagnostizieren. Vielleicht ist es ja tatsächlich nur eine schwere Migräne. Um das mit Sicherheit sagen zu können, müsste ihr Mann bereit sein, hierher zu kommen. Vielleicht können Sie ihn dazu bewegen. Ich würde es ihm dringend raten.«

Hannah nickt mit dem Kopf und weiß, wie schwer es sein wird, ihn von der Notwendigkeit einer eingehenden Untersuchung zu überzeugen. Zu sehr vertraut er seinem Freund Dr. Hagemann.

Als Rosa Hannah zur Tür bringt und sie zum Abschied nochmals umarmt, sagt sie zu ihr:

»Frau Angelo, es tut mir weh, sehen zu müssen, wie Sie leiden. Es wäre wichtig, das alles abzuklären. Vielleicht sind die Symptome ja auch harmloser Natur und gut therapierbar. Er wäre bei uns in guten Händen, und wir würden alles tun, was notwendig ist. Ich muss Sie aber daran erinnern, dass, wenn Sie Ihren Mann dazu bringen, zu mir zu kommen, ich nicht befugt bin, Ihnen etwas über den Krankheitszustand Ihres Mannes zu sagen, wenn er dem nicht ausdrücklich zustimmt. Das heißt, wenn er zu mir kommen sollte, heißt das nicht unbedingt, dass auch *Sie* Gewissheit haben werden. Aber das wissen Sie sicher.«

9

Michel ist vertieft in die Ausarbeitung seines Leipziger Vortrags. Es klopft. Er blickt erschrocken auf. Es ist elf Uhr. Er kann sich nicht erinnern, um diese Zeit einen Termin zu haben. Es klopft noch einmal und Lutz' Kopf erscheint in der Tür.

»Darf ich Sie stören, Herr Angelo?«

»Ungern, aber wenn es wichtig ist, kommen Sie herein, wenn Sie schon mal da sind.«

Lutz schnappt sich einen Stuhl, schiebt ihn vor den Schreibtisch und setzt sich.

»Ich habe noch keine Gelegenheit gehabt, mich für die anerkennenden Worte zu bedanken, die Sie ...«

»... das ist jetzt aber nicht wichtig, Lutz«, unterbricht ihn Michel.

»Doch, ich habe mich geehrt gefühlt. Aber, sie haben Recht, nur aus diesem Grund hätte ich Sie nicht gestört. Bei meinem wöchentlichen Computercheck über die Aktivitäten auf dem weltweiten

Kunstmarkt habe ich entdeckt, dass in Hongkong eine Fälschung auktioniert worden ist.«

Michel sieht den Geschäftsführer seines Instituts etwas erstaunt an: »Pasticcios sind in China nichts Außergewöhnliches, auch wenn sie häufiger beim privaten Handel und nicht so sehr bei Auktionen auftauchen, wo die Bilder besser geprüft werden. Sie haben sicher noch etwas in der Hinterhand, sonst wären Sie nicht gekommen. Schießen Sie los.«

Lutz nickt und setzt eine besorgte Miene auf.

»Wie Sie wissen, habe ich vor einigen Wochen von Alesi das Bild von David Dembruck, *Frauenakt I*, zurückgekauft. Da ihm angeblich die Echtheitszertifikate gestohlen worden waren, hatten Sie selbst das Bild geprüft und bestätigt, dass es das Original war. Sie erinnern sich?«

»Natürlich, ich erinnere mich. So schlecht ist mein Gedächtnis denn doch nicht. Der Rückkauf hat mich schließlich auch eine Stange Geld gekostet. Das prägt sich ein.«

»Sind Sie sich ganz sicher, dass es sich bei dem Bild um das Original handelte?«

»Ich verstehe die Frage nicht. Ich bin mir absolut sicher, hundertprozentig!«

»Ich frage Sie deshalb, weil es unter Umständen notwendig werden könnte, die Echtheit Ihres zurückgekauften Dembruck-Bildes zu beweisen.«

»Ich verrate Ihnen, wenn Sie es für sich behalten, ein kleines Geheimnis«, sagt Michel schmunzelnd.

Lutz nickt mit dem Kopf.

»Dembruck hat alle seine Bilder unsichtbar, also noch unterhalb der Grundierungsfarbe, mit seinen Initialen DD signiert, und zwar mit einer selbstgemachten Farbmischung, deren chemische Bestandteile und Zusammensetzung nur er selbst kennt. Die Formeln hierfür sind auf einem Schriftstück festgehalten und in einem Banksafe sicher verwahrt. Die Initialen sind vorhanden und echt. Deswegen bin ich mir absolut sicher. Jetzt spannen Sie mich nicht weiter auf die Folter. Handelt es sich bei dem Pasticcio um einen Dembruck?«

»Ja, und zwar um den *Frauenakt I*, den ich in Ihrem Namen zurückgekauft habe. Er hatte uns das Bild zu einem Betrag zurückgegeben, der nur geringfügig über dem damaligen Verkaufspreis von 150.000 Euro lag, obwohl doch jeder weiß, was ein Dembruck heute wert ist. Ich bin ins Grübeln gekommen. Vielleicht ist dieser Alesi uninformiert gewesen und kennt den Markt nicht, vielleicht wollte er Ihnen einen Freundschaftsdienst erweisen, vielleicht hatte sein Verhalten aber auch ganz andere Gründe. Sicherheitshalber habe ich Alesi ins Visier genommen und meinen Computer entsprechend gefüttert.«

Michel hat es die Sprache verschlagen. Alesi, dieser Hundsfott, lässt Dembrucks Bilder kopieren und verkauft sie nach China, denkt er und schüttelt heftig den Kopf, als ob er so die Realität aus der Welt schaffen könnte.

»Alesi hat das Bild, also die Fälschung, einem gewissen Ai Lynn Lin in Hongkong verkauft, mitsamt dem angeblich verlorengegangenen Echtheitszertifikat«, fährt Lutz nicht ohne Stolz, das herausgefunden zu haben, fort. »Dieser Ai Lynn Lin, so ergaben meine Recherchen, ist der Polizei bekannt als Chef eines Mädchenhändlerrings. Warum Alesi das Bild Ai Lynn verkauft hat, weiß ich nicht. Auf alle Fälle stehen diese beiden seit Längerem in geschäftlichem Kontakt. Alesi bezieht seine ›menschliche Ware‹ von Ai Lynn Lin, da scheint sich die italienische Polizei sicher zu sein, kann es aber nicht gerichtsfest beweisen.

»Eine brisante Frage dürfte sein, ob sein chinesischer Käufer wusste, dass er eine Fälschung gekauft hat oder nicht«, sagt Michel, der seine Sprache wiedergefunden hat.

»Wie auch immer, die Bank, die den *Frauenakt I* von Ai Lynn Lin bei der Auktion erwarb, hat aufgrund des vorliegenden Echtheitszertifikates mit Sicherheit keine Ahnung von der Fälschung.«

Lutz und Michel sehen sich stumm und nachdenklich an. Beiden ist bewusst, dass sie es mit gut organisierten Verbrecherbanden zu tun haben, die mit erheblicher krimineller Energie ausgestattet sind, und die sich ungern ins Handwerk pfuschen lassen dürften.

Schließlich durchbricht Michel die bedrückende Stille.

»Wenn ich den Betrug anzeige, muss ich vor Gericht beweisen, dass die Bank eine Fälschung erworben hat. Das dürfte mit Sicherheit Ärger, wenn nicht gar Repressalien seitens der Verkäufer nach sich ziehen. Wenn ich die Fälschung nicht anzeige, mache ich mich mitschuldig und kann mir obendrein nicht mehr in die Augen sehen. Beides ist schwerwiegend. Das kann und will ich nicht alleine entscheiden. Ich muss das mit meiner Frau besprechen. Es betrifft die ganze Familie. Ich lasse von mir hören.«

Als Lutz das Büro verlassen hat, bleibt Michel noch lange nachdenklich sitzen und zermartert sein Gehirn, das wieder rebelliert. Er reibt sich mit den Zeige- und Mittelfingern minutenlang beide Schläfen. Es soll ihm die Entscheidungsfindung erleichtern und gleichzeitig die Schmerzen lindern. Beides ist von Misserfolg gekrönt. Er fühlt sich elend und wirft sich eine Tablette ein.

Zuhause lässt er sich erschöpft und ohne ein Wort zu sagen in einen Sessel fallen, schenkt sich ein Glas klaren, eisgekühlten Wodka ein, das er in einem Zug leer trinkt.

Hannah, die in einem neuen Kunstband, den der Verlag gerade herausgebracht hat, blättert, sieht auf und beobachtet Michel. Er sieht schlecht aus. Warum nur weigert er sich, in die Klinik zu gehen, denkt sie. Er klammert sich an die Migränediagnose wie ein kleines Kind an den Gedanken: wenn man etwas nicht mehr sieht, es auch nicht mehr existiert. Also schließe ich die Augen und wie durch Zauberhand ist das, was mich stört, verschwunden.

»Ich muss mit dir reden, Michel.«

»Ich muss mit *dir* reden«, sagt Michel fast zeitgleich.

»Gut, du zuerst. Aber dann musst du dir Zeit nehmen und mir zuhören.«

Michel erzählt ihr die Geschichte über Alesi und das zurückgekaufte Bild.

»Das hast du für mich gemacht, Angelino«, ruft Hannah vor Freude. Sie steht auf und umarmt ihn. »Es hatte mich damals wirklich tief getroffen. Ich kam mir diesem schmierigen Kerl gegenüber so entblößt vor, so hilflos. Das ist wirklich anständig von dir. Aber wo ist das Bild jetzt?«

»Ich habe es bei David untergestellt und wollte es dir zu deinem Geburtstag schenken. Aber so lange kann ich nicht mehr warten. Ich muss ... wir müssen eine Entscheidung treffen, wie wir uns jetzt

verhalten wollen. Wir könnten still halten, dann
verliefe alles im Sand. Oder wir könnten den Betrug
aufdecken, mit dem Risiko, dass sich Alesi wehrt,
mit *seinen* Mitteln. Und das könnte für uns unangenehme Folgen haben.«

»Und an was denkst du da? Du kennst ihn besser
als ich.«

»Ich habe ihn ein paar Mal getroffen und glaube,
ihn persönlich ein bisschen einschätzen zu können,
aber ich kenne nicht sein Milieu und schon gar nicht
kann ich ermessen, ob er eventuell seine Interessen
uns gegenüber mit Gewalt durchsetzen würde.
Möglich wäre Bedrohung, Erpressung, was weiß
ich.«

Hannah sieht in fragend an.

»Mit was könnte er uns denn erpressen? Hat er
irgendetwas gegen dich in der Hand?«

»Nicht, das ich wüsste. Aber man kann immer etwas inszenieren.«

Hannah legt das Buch beiseite, erhebt sich und
geht neben seinem Sessel in die Hocke. Sie nimmt
seine Hand und sagte mit ernstem, eindringlichem
Tonfall:

»Michel, wir sollten mit Mädchenhändlern keine
gemeinsamen Sachen machen. Zeig ihn an, decke
den Betrug auf ... Was sagt eigentlich dieser Dembruck zu der ganzen Geschichte? Es ist schließlich
sein Bild.«

Er zögerte mit der Antwort.

»Hast du nicht mit ihm darüber geredet«, fragt Hannah.

»Doch, doch ... schon ... Es ist etwas kompliziert ... Ich muss ...«

Er reibt sich die Schläfen.

»Hast du Schmerzen?«

»Ja ... nein, nein, ich überlege nur.«

»Was gibt es da groß zu überlegen? Entweder du hast mit ihm geredet oder nicht. Ich verstehe dich nicht.«

»Es ist alles nicht so einfach mit der Wahrheit ...«

»Mit welcher Wahrheit? Du redest in Geheimcodes.«

»Es ist so, David ...«

Michel bricht den angefangenen Satz ab, überlegt einige Sekunden und fährt dann fort.

»... das Bild gehört ja jetzt mir. Ich kann deswegen auch selbst entscheiden, was zu tun ist.«

Hannah sieht ihn beunruhigt an. Was er sagt, ist konfus. Mit der Wahrheit ist es eine einfache Sache, wenn man nicht vorhat, sie zu verbiegen. Da muss man nicht viel überlegen. Sie hat eine klare, einfache Frage gestellt und als Antwort bekommt sie ein Gestammel zu hören.

»Geht es dir gut, Michel?«, fragte sie besorgt. »Soll ich dir ein Glas Wasser holen?«

»Es ist alles in Ordnung, Hanni. Es stürmt nur im Moment etwas viel auf mich ein. Ich trink lieber noch einen Wodka. Der beruhigt die Nerven.«

»Macht aber auch einen Brummschädel und davon, denke ich, hast du in letzter Zeit mehr als genug. Also, was willst du machen?«

»Ich werde den Schwindel an die Öffentlichkeit bringen und dem Auktionshaus in Hongkong und der Bank mitteilen, dass das Bild eine Fälschung ist. Dann werden wir sehen, wie sich die Betroffenen verhalten.«

»Gut so! Lass dich nicht unterkriegen. Wann darf ich das Bild sehen, oder soll es dort bis zu meinem Geburtstag unter Verschluss bleiben?«

»Gedulde dich noch ein bisschen. Du wirst deinen schönen Körper noch früh genug bestaunen können. Jetzt, da du mein kleines Geheimnis kennst, ist der Überraschungseffekt leider weg. Schade eigentlich. Ich habe mich so darauf gefreut, dein Gesicht zu beobachten, wenn du das Bild auspackst.«

»Die Überraschung ist dir auch so gelungen. Ein Glück, dass ich dich damals nicht erwürgt habe. Ich war nahe dran«, sagt sie schnippisch und umarmt ihn. »Ich hab dich sehr lieb, Angelino«, flüstert sie ihm ins Ohr, »und deswegen musst du mir auch versprechen, dass du wegen deinen Kopfschmerzen noch einen zweiten Arzt aufsuchst. Ich habe mit Rosa Vonderbank gesprochen. Sie wäre bereit, die

Untersuchung vorzunehmen. Bitte Michel, tu es auch für mich. Ich mache mir solche Sorgen.«

Michel schiebt seine Frau etwas von sich weg und sieht sie verstimmt an.

»Du redest mit fremden Menschen über *meinen* Gesundheitszustand? Das geht nur uns beide etwas an, sonst niemanden. Ich kümmere mich schon selbst um mich. Noch brauche ich keine Altenpflegerin, die mir sagt, was ich zu tun und zu lassen habe. Das hättest du nicht machen dürfen.«

»Entschuldige, wenn du dich hintergangen fühlst. Ich habe es wirklich nur gut gemeint und mache mir große Sorgen um dich. Und eine wirklich Fremde ist Rosa doch auch nicht.«

»Sie ist die Freundin von Lutz! Noch schlimmer!«

»Und sie ist Ärztin, eine Neurologin, und sie unterliegt der Schweigepflicht. Versprich mir, dass du etwas unternimmst. Mir ist es egal, wen du aufsuchst, wenn er oder sie nur neurologisch geschult und nicht nur Allgemeinmediziner ist wie dein Hagemann.«

»Du magst Erich nicht, ich weiß, aber er ist ein guter Arzt, und ich lass ihn mir nicht schlechtreden.«

»Ich will ihn dir nicht ausreden, aber in diesem besonderen Fall ...«

»... willst du mich lieber mit einer schönen, attraktiven jungen Frau verkuppeln«, unterbricht Michel Hannahs Erklärungsversuch.

»Red doch keinen Unsinn, es geht doch nicht um Rosa, sondern um ...«

»... Gut, gut, ich lass' es mir durch den Kopf gehen«, unterbricht er sie.

Mehr will Michel dazu nicht sagen und Hannah weiß aus Erfahrung, dass es nicht ratsam ist, weiter auf diesem Thema herumzureiten.

Michel setzt kurz nach diesem Gespräch einen langen Brief auf, in dem er dem Käufer wie auch dem Auktionshaus mitteilt, dass er im Besitz des Originals des Ölgemäldes von David Dembruck sei, und der *Frauenakt I,* der ihnen in Honkong angeboten wurde, also eine Fälschung. Er sei im Besitz untrüglicher Beweise der Echtheit seines Bildes und jederzeit bereit, vor einem Notar oder auch vor Gericht dies zu beweisen. Er wisse, dass die Anzahl der Pasticcios in den letzten Jahren enorm angestiegen sei und möchte seinen Beitrag dazu leisten, diesem Treiben, das dem Kunsthandel großen Schaden zufüge, einen Riegel vorzuschieben.

Er liest den handgeschriebenen Text nochmals durch, macht einige kleinere Korrekturen und gibt ihn seiner Sekretärin zum Abtippen. Möglicherweise gleicht der Brief einem Griff in ein Wespennest mit der bloßen Hand, denkt er. Dieser Alesi ist unberechenbar, wenn es um seine Geschäfte geht. Michel kann sich nur schwer vorstellen, dass er klein beigibt und das Bild anstandslos wieder zurücknimmt. Was werden Alesi und seine Freunde gegen ihn unternehmen? Alles ist möglich.

Michel ist es unangenehm, nicht Herr der Lage zu sein, wie gerade in dieser Situation. Aber, wenn er tief in sich hinein hört, empfindet er auch eine innere Erregung bei diesem Spiel mit so vielen Unbekannten. Das risikoreiche Schaustück wirkt wie Arznei und verdrängt für den Moment die zermürbenden, permanenten Kopfschmerzen.

Rosa nähert sich ihm von hinten. Er spürt ihren Atem in seinem Nacken und atmet den Duft ihres Körpers. Er dreht sich zu ihr. Sie öffnet ihren Arztkittel. Sie ist nackt. Sie führt ihn zu einem schmalen Bett und zieht ihn aus. Ihre langen, gelockten Haare fallen über ihr Gesicht und kitzeln seinen Körper. Ihre Hände streichen vorsichtig über seinen Körper und tasten ihn ab. Dann greift Rosa nach ihrem Stethoskop, das sie um den Hals geschlungen hat, und hört seinen Körper ab. Nach einer Weile stellt sie sich schließlich an das Kopfteil des Bettes und massiert mit den Fingerkuppen seine Schläfen. Am Fußende taucht hohnlachend Alesi auf und geht auf

Rosa zu und greift mit seinen fleischigen Händen nach Rosas nacktem Körper. Michel ist wie gelähmt und zum Zusehen verdammt. Rosa lächelt auf ihn hinab und massiert ohne Unterbrechung mit zarter Hand seinen Kopf, so lange bis sich die Knochen langsam auflösen und ihre Hände in das Innere des Kopfes greifen können. Rosa stellt sich neben ihn und zeigt ihm triumphierend sein Gehirn. Geben Sie mir bitte mein Gehirn zurück, bettelt Michel. Sie brauchen es nicht mehr. Es macht Ihnen nur Schmerzen, sagt Rosa kühl. Doch, ich brauche es, wimmert Michel. Ich sage Ihnen, Sie benötigen es nicht mehr. Es ist nur unnütze Masse. Ich als Ärztin sage Ihnen im Vertrauen, ohne Gehirn lebt es sich tausendmal besser als mit dieser wabbeligen Substanz. Michel richtet sich auf und will Rosa sein Gehirn entreißen. Es fällt auf den Boden. Ein gleißender Lichtschein zusammen mit einem gewaltigen Schmerz zuckt durch seinen Körper. Er schreit laut auf und krümmt sich vor Schmerzen.

Jemand rüttelt an seiner Schulter. Er hört Hannahs Stimme: »Michel, beruhige dich. Es ist alles gut.«

Sie nimmt ihn in die Arme wie sie es früher mit Leon gemacht hatte, wenn er als Kind schlecht geschlafen und von einem Albtraum geplagt war.

»Willst du mir sagen, was dich gequält hat?«

»Ich kann nicht. Es war zu furchtbar«, sagt Michel. »Ich will schnell vergessen. Halt mich in deinen Armen, das ist das Beste, was du für mich tun kannst – und gib mir bitte noch eine Tablette. Ich habe fürchterliche Kopfschmerzen.«

10

Zwei Wochen, nachdem die Briefe abgeschickt worden waren, kommt Michel von seinem Institut nach Hause und findet Hannah völlig aufgelöst und weinend in einem Sessel sitzend. Stumm hält sie ihm, ohne ihn anzusehen, einen Briefumschlag entgegen. Er ist nicht frei gemacht und offenbar persönlich in den Briefkasten geworfen worden, adressiert an Herrn und Frau Angelo, ohne Absenderangabe. Michel nimmt den Briefbogen aus dem Umschlag und liest:

Lieber Herr Angelo, wir haben gehört, dass Sie die Echtheit des von Alesi an Ai Lynn Lin verkauften Gemäldes *Frauenakt I* in Zweifel ziehen. Das muss wohl ein Missverständnis sein, da wir im Besitz des Echtheitszertifikats sind und somit beweisen können, dass es sich um das Original handelt. Wenn Sie die Anschuldigung schriftlich zurücknehmen, wollen wir Gnade vor Recht walten lassen und Sie nicht wegen Verleumdung verklagen. Falls Sie jedoch uneinsichtig sein sollten, was Sie nicht in Erwägung ziehen sollten, wenn Sie auf das Wohl Ihrer Frau bedacht sind, werden wir sie so behandeln, wie die deutschen Nazis die Jüdinnen. Ihre Frau wird ihre Mutter verfluchen, dass sie überlebt und sie geboren hat. Was ihr bei den Nazis geglückt ist, wird ihr bei uns nicht gelingen. *Uns* wird sie nicht entwischen! Wir raten Ihnen deshalb dringend, nicht die Polizei einzuschalten, da wir ansonsten unverzüglich handeln werden. Und glauben Sie uns, wir finden Mittel und Wege Ihre schwesterliche Frau, die Sie doch sicher lieben, aufzuspüren und sie ihrer Strafe zuzuführen. Wir sind was die Bestrafung von Frauen betrifft nicht ganz unerfahren, wie sie vielleicht in der Zwischenzeit selbst herausbekommen haben. Also seien Sie vernünftig und tun Sie das, was Ihnen der gesunde Menschenverstand sagt!

Michel sieht Alesi vor sich, ein Monster, das Hannah zermalmen würde. Es ist ihm ernst, keine Frage. Er starrt vor sich hin, den Brief in der Hand. Er sieht die Folgen erschreckend klar vor sich, wenn er sich nicht beugt. Er beobachtet Hannah, die mit angstvollen Augen und sich vor innerem Schmerz krümmend in ihrem Sessel kauert. Sein Entschluss steht fest. Nie würde er Hannah dieser Gefahr aussetzen. Er geht zu ihr und nimmt sie in seine Arme. Er fühlt das Zittern ihres Körpers.

»Es tut mir so leid, dass du von diesem Unmenschen nun schon zum zweiten Mal so beleidigt wirst«, flüstert er. »Ich bin entsetzt über diese Brutalität. Wir werden diese Sache nicht weiter verfolgen. Sie ist es nicht wert.«

Hannah bleibt lange, stumm vor sich hin stierend, völlig unbeweglich sitzen. Dann schüttelt sie kaum merklich den Kopf. Sie schaut Michel an, wirft einen Blick auf das Schreiben und blickt wieder zu Michel. Dann sagt sie mit fester Stimme, eher zu sich selbst als zu Michel gerichtet:

»Nein, das dürfen wir nicht. Die Sache ist es wert zu kämpfen. Appeasement ist der falsche Weg. Wir könnten uns doch nie mehr in die Augen sehen, ohne daran erinnert zu werden, was für Schwächlinge wir doch sind. Wir dürfen der Nazibrut nicht nachgeben.«

»Alesi wird nicht aufgeben. Auch nach dem Prozess wird er uns nicht in Ruhe lassen. Er wird sich für die Niederlage rächen wollen, wenn er uns nicht schon vorher zur Strecke gebracht hat.«

»Michel, wir *dürfen* nicht nachgeben«, sagt Hannah eindringlich. Ihre Augen flehen ihn an, sie in ihrem Entschluss zu unterstützen. Sie fühlt sich elend. Sie weiß, dass sie die Geschichte alleine nicht durchstehen könnte.

Michel ist nervös und äußerst angespannt. Er sieht Hannah besorgt an. Ihr Kopf ist leicht nach vorne gebeugt. Die Haare, die sie seit einiger Zeit wieder länger trägt, bedecken ihr Gesicht. Er kann nicht sehen, was in ihr vorgeht. Aber er spürt ihre verzweifelte Entschlossenheit, die von einer diffusen Angst überlagert wird, die ihrem Körper jede

Spannung nimmt. Ich muss sie schützen, sagt er zu sich. Sie ist so zerbrechlich, so arglos, so sanft. Was, wenn sie in die Fangnetze von Alesi gerät? Michel wird schwindelig bei dem Gedanken. Bilder von Juden, die von den Nazis aus ihren Häusern getrieben, geschlagen, gedemütigt, ermordet wurden, tauchen vor ihm auf. Alesi, der Neonazi, darf nicht an Hannah vollenden, was Hitlers Schergen an ihrer Mutter nicht gelungen ist. Auf den Schutz der Polizei können sie sich nicht verlassen, Alesi würde Wege finden ... Sie müssen sich selbst helfen. *Er* muss *sie* schützen. Auf Dauer, ein Leben lang. Alesi würde sich wie ein Bluthund in ihr verbeißen. Er würde sie nicht mehr frei geben, das wäre er seiner Gaunerehre schuldig. Ein Gedanke greift Raum in seinem geschundenen Kopf, nistet sich in ihm ein, lässt ihn nicht mehr los. Alesi oder Hannah? Für beide ist kein Platz auf dieser Welt. Was ist richtig oder falsch in solch einer Situation? Er fragt sich, was er machen würde, wenn er keinerlei Rücksichten nehmen müsste, wenn er absolut frei wäre, also auch sein eigenes Leben, bei dem, was zu tun ist, keine Rolle spielen würde.

Meine Chancen, die nächsten Jahre, vielleicht auch nur Monate zu überleben sind wahrscheinlich nicht sehr groß. Viel Lebenszeit wird mir nicht mehr bleiben. Jetzt kann ich noch etwas Gutes mit meinem bisschen Leben tun. Ich muss es in die Waagschale werfen.

Er findet schnell eine Antwort für sich und ist überzeugt, das Richtige zu tun.

Michel runzelt die Stirn und reibt sich die Schläfen. Die Schmerzen ziehen wellenartig durch seinen Kopf. Er hört wie aus weiter Ferne die ruhige, sachliche Stimme von Rosa, die ihn seit Tagen verfolgt und andere Gedanken beiseite gedrängt hat: Sie haben einen walnussgroßen Tumor in der Nähe der Wernicke-Region. Es ist möglich, dass er auf das sensorische Sprachzentrum drückt. Dies könne der Grund für Ihre gelegentlichen Sprachstörungen sein. Im fortgeschrittenen Stadium einer Störung dieses Areals kommt es auch meistens zu tiefgreifenden Beeinträchtigungen der Persönlichkeit der Kranken. Andererseits ist er möglicherweise auch die Ursache für Ihre vereinzelten Erinnerungslücken und die starken Kopfschmerzen, insbesondere wenn Sie liegen, da sich dann durch den vermehrten Blutzufluss der Innendruck im Kopf erhöht. Der Tumor liegt tief im Innern des Gehirns, was eine Operation erschweren würde. Aber operabel ist er. Wir haben hier Spezialisten und die notwendigen Apparaturen für solche Operationen. Aber bevor wir an eine Therapie denken können, müssen wir noch die Ergebnisse einer Biopsie abwarten und klären, um welche Art von Tumor es sich bei Ihnen handelt und eine sogenannte WHO-Gradierung durchführen.

Michel hatte die vorläufige Diagnose seltsam teilnahmslos hingenommen, so als ob es gar nicht um ihn selbst ging. Vielleicht hatte er aber auch, ohne dass ihm das je bewusst geworden war, schon lange diese Möglichkeit in Betracht gezogen. Er hatte Rosa angeschaut, so wie man ein Bild betrachtet, und er erinnert sich, dass er in diesem Augenblick nicht an sein eigenes Schicksal dachte, vielmehr hatte er sich von Rosas Schönheit, ihren klaren, ehrlichen Augen und ihrer sanften Stimme, die in aller Milde zwar, aber doch bestimmt, sein mögliches Todesurteil verkündet hatte, beeindrucken lassen. Er hatte ihr zugelächelt. Rosa hatte leicht verwirrt auf sein Lächeln reagiert und nachgefragt, ob er verstanden habe, was sie ihm eben gesagt hatte. Michel hatte nur genickt. Dann war er aufgestanden, hatte ihr für ihre Mühen gedankt, und als er die Türklinke schon in der Hand hatte, hatte er sich nochmals umgedreht: Ich werde mich bei Ihnen melden wegen der Termine für die weiteren Untersuchungen.

Ich habe das Leben gelebt, das ich leben wollte, wenn ich sterbe, sterbe ich lebenssatt. Gibt es etwas Schöneres, als ein erfülltes, prallvolles Leben gelebt zu haben, denkt er.

Rosa, die immer noch etwas perplex über sein Verhalten war, hatte sich ebenfalls erhoben und ihm, als er schon halb durch die Tür gegangen war, nachgerufen: »Sie sind ein bemerkenswerter Mensch, Herr Angelo!«

Michel hatte sie angeschaut und leise, so dass sie es kaum hören konnte, gesagt: »Sie auch, Rosa.«

Rosa wollte noch etwas erwidern, aber da hatte Michel schon die Tür hinter sich geschlossen.

Michel wollte Hannah nicht beunruhigen und beschloss, Rosas vorläufige Diagnose zurückzuhalten, bis endgültige Untersuchungsergebnisse vorliegen würden.

Jetzt ist er froh über diese Entscheidung, die ihm schwer gefallen war, da er sein Schweigen als Verrat ihr gegenüber empfunden hatte. Sie hat ein Recht auf Wahrheit. Aber noch nicht jetzt. Wahrheit kann zerstörerisch sein, wenn sie zum falschen Zeitpunkt und mit voller Wucht ans Tageslicht kommt. Man muss behutsam mit ihr umgehen, sonst verkommt sie zur Keule. Bevor die Wahrheit über seinen Gesundheitszustand zu ihrem Recht kommt, muss zunächst das Problem Alesi beiseite geschafft werden, sonst würde Hannah niemals mehr zur Ruhe kommen können. Ihr beider Wissen um den Drohbrief hat die Situation grundlegend verändert.

Hannah ist in der Küche beschäftigt, als Michel eintritt und sie von hinten um ihre Taille fasst.

»Du kommst schon nach Hause? Ich habe dich erst heute Abend erwartet«, sagt sie und legt das Küchenmesser, mit dem sie eben dabei ist, eine Gurke in Scheiben zu schneiden, beiseite. »Fühlst du dich nicht wohl? Warst du beim Arzt?«

»Nein, es geht mir gut. Aber ich möchte mit dir gerne über das Problem Alesi sprechen. Ich hab mir einige Gedanken dazu gemacht. Komm doch bitte, wenn du dich hier loseisen kannst, ins Wohnzimmer, damit wir in Ruhe reden können.«

»Das klingt nach etwas Ernstem. Geh schon mal vor, ich komme gleich nach.«

Michel steht vor der geschlossenen Verandatür und schaut in den nebligen, diesigen Spätherbsttag. Nieselregen. Die alten Bäume des parkähnlichen Gartens sind kahl, gelbbraunes, schon leicht angemodertes Laub liegt auf dem Grund des leeren Pools. Ein melancholischer Tag, dazu angetan, sensible Menschen in nachdenkliche Schwermütigkeit zu treiben.

Michel hört, wie Hannah in das Zimmer kommt. Er dreht sich zu ihr um und sieht in ein fragendes, wachsames Gesicht. Sie setzt sich wortlos in ihren angestammten Sessel und wartet ab, was er zu sagen habe. Michel geht zum Kamin und zündet das vorbereitete Kaminholz an. Als das Buchenholz

Feuer gefangen hat und hell-flackernd brennt, setzt er sich zu Hannah. Er beobachtet sie und bleibt lange stumm ihr gegenüber sitzen, so als suche er aus ihrer Mimik und Haltung herauszulesen, welche Worte angemessen seien für das, was er mit ihr besprechen will.

»Nun, Michel, heraus damit! Was willst du mir Wichtiges sagen? Du brauchst mich nicht zu schonen. Oft ist Wahrheit das einfachste Mittel etwas Kompliziertes auszudrücken, denn kompliziert scheint es zu sein, was dich bewegt, sonst würdest du nicht so unendlich lang überlegen«, sagt Hannah schließlich, weil sie ihre Neugierde nicht mehr im Zaum halten kann.

»Mit der Wahrheit, Hanni, ist das so eine Sache, man weiß nie im Voraus, was sie alles anrichten kann. Aber lassen wir das. Ich will jetzt nicht über die metaphysischen Aspekte von Wahrheit diskutieren, sondern mit dir über das, was uns hier und jetzt unter den Nägeln brennt, reden. Ich möchte gerne, dass wir gemeinsam das Vernünftige erkennen und danach handeln.«

Hannah unterbricht ihn leicht gereizt: »Nun komm schon heraus mit der Sprache und rede nicht so verquirlt um den heißen Brei.«

»Gut, geradeheraus gesagt: Wir wissen beide, dass du in großer Gefahr bist. Ich möchte deswegen, dass du dich eine Zeit lang versteckt hältst.«

Hannah lässt die Worte in sich nachhallen.

»Ich werde mich nicht verstecken, und vor solch einem Menschen wie Alesi schon gar nicht.«

»Sei vernünftig, Hannah. Wenn es dir ernst damit ist, Alesi anzuklagen, bleibt uns nichts anderes übrig, als unterzutauchen. Ansonsten wird er Wege finden, dich zu kidnappen und zu quälen, um mich zu erpressen. Und glaube mir, Alesi spaßt nicht. Was soll ich deiner Meinung nach tun, wenn du in seiner Gewalt bist? Soll ich dann sagen: bitte, bitte, lieber Herr Alesi, gib mir meine Frau zurück und tu ihr nichts. Der lacht sich doch kaputt. Nein, es gibt keinen anderen Weg, glaube mir. Ich habe mir lange den Kopf darüber zerbrochen und keine andere Lösung gefunden. Sag mir, wenn dir etwas anderes einfällt.«

Hannah sitzt da und sagt nichts.

»Hannah, es gibt keinen anderen Weg! Es sei denn, wir ziehen die Klage zurück.«

Hannah steht auf und geht im Zimmer auf und ab. Schließlich bleibt sie vor ihm stehen.

»Vielleicht hast du Recht. Aber, um Himmels willen, wo soll ich mich verstecken? Er kennt unser Haus hier und am Gardasee und bestimmt auch das von Leon.«

»Ich habe mir dazu natürlich schon Gedanken gemacht. Ich werde dich in dem Atelier von David

Dem-bruck verstecken. Niemand, aber auch wirklich niemand kennt diese Adresse. Was meinst du?«

Hannah sieht ihn überrascht und etwas ungläubig an.

»Was sagt denn Dembruck dazu? Und überhaupt, wie lange soll ich mich dort versteckt halten? Er und ich, zusammen bis zu meinem Lebensende? Ich glaube, das ist keine gute Lösung.«

»Doch, ist es. Ich habe mit ihm gesprochen und er ist einverstanden. Und natürlich soll es nicht auf ewig sein. Ich werde mir etwas einfallen lassen und habe auch schon eine Idee. Aber du musst jetzt erst einmal von der Bildfläche verschwinden.«

Hannah nimmt ihre Wanderung im Wohnzimmer wieder auf. Nach ein paar Minuten bleibt sie vor ihrem Mann stehen.

»Was ist, wenn er sich an Leon vergreift und uns mit *ihm* erpresst?«

»Ich denke nicht, dass er Leon entführen wird. Er hat es allein auf dich abgesehen. Frauen sind sein Metier. Aber trotzdem, sicherheitshalber sollte auch Leon bis auf Weiteres verschwinden und Urlaub machen oder sich irgendwo einmieten, um eine Zeit lang von dort seine Geschäfte zu führen.«

»Das funktioniert doch alles nicht«, sagt Hannah resignierend.

»Gut, wenn du das meinst, werde ich die Klage zurückziehen.«

Hannah sieht ihn erschrocken an. Michel hat das mit unnachgiebigem Tonfall gesagt, der kein Wenn und Aber duldet. Hannah fühlt sich elend und sieht keinen Ausweg.

»Ich weiß nicht, was ich tun soll. Ich will Alesi nicht triumphieren lassen und sehe aber auch ein, dass mein Leben in Gefahr sein könnte.«

»Du musst dich entscheiden. Ich verspreche dir, dass ich alles tun werde, um Alesi von dir fernzuhalten. Alles!«

»Was hast du vor?«

»Lass mich nur machen!«

»Also gut, du kannst mich ja einmal mit Herrn Dembruck bekannt machen und ich kann hören, was *er* zu dieser Sache zu sagen hat. Ich bin sowieso gespannt auf unseren mysteriösen Maler.«

Ein paar Tage später kutschiert Michel seine Frau eine gute halbe Stunde kreuz und quer durch die Stadt, fährt in ein Parkhaus, stellt den Wagen ab und bittet Hannah auszusteigen. Er führt sie zu einem schwarzen BMW. Auf ihre Frage, was das für ein Auto sei, sagt er ihr, dass es sich um einen Mietwagen handele. Er wolle kein Risiko eingehen und habe ihn hier geparkt. Wieder fährt Michel eine lange Zeit durch alle Viertel der Stadt und hält schließlich, nachdem er sich sicher ist, dass ihm kein Auto gefolgt ist, vor einem zweistöckigen alten

Haus im Westend. Auf dem Klingelschild, das neben dem Briefkasten befestigt ist, liest sie DD. Er stößt mit dem Fuß das Gartentor auf, stellt die beiden großen Koffer vor der Haustür ab und schließt sie auf. Er bittet sie in das Haus, stellt im Flur das Gepäck ab und verriegelt die massive Holztür.

»Ich denke, hier sind wir sicher«, sagt er lächelnd zu Hannah, und sie spürt, wie die Anspannung von ihm abfällt.

»Ich zeige dir jetzt das Haus. Ich hoffe, es wird dir einigermaßen gefallen. Im Erdgeschoss sind Wohnzimmer, Esszimmer und Küche, im ersten Stock die Schlafräume sowie das Bad und im zweiten Stock befindet sich das Atelier.«

Als sie in das Atelier kommen, sticht ihr als erstes der *Frauenakt I*, der die unselige Flucht in dieses Haus verursacht hat, ins Auge. Er hängt prominent an der Wand des großen, fast quadratischen Raumes.

»So sehr ich mich freue, dass du das Bild für mich zurückgekauft getan hast!«, sagt sie zu Michel, »leider scheint es uns nichts als Unannehmlichkeiten zu bereiten.«

»Aber schön ist es, oder?«

»Ja, es spiegelt die Strahlkraft und den Reiz der Jugend ..., *meiner* längst vergangenen Jugend.«

»Es ist eines der ersten Bilder, die Dembruck gemalt hat, und es ist eines seiner Besten und Schönsten. Er wollte es eigentlich nie verkaufen und hat es viele Jahre zurückgehalten.«

»Und warum hat er es dann doch verkauft?«

»Ich war in finanziellen Schwierigkeiten. Ich hatte ein Montmartre-Bild von Utrillo für einen Kunden ersteigert. Der Deal platzte. Der Kunde trat vom Kauf zurück und ich blieb auf dem Bild sitzen. Mein Kreditrahmen war ausgeschöpft. Es war meine Rettung, als es mir gelang, den *Frauenakt I* für die stolze Summe von 150.000 Euro nach Italien, in dein Heimatland, zu verkaufen. Ich war stolz, so viel Geld für dieses wunderbare Gemälde bekommen zu haben.«

Hannah wollte fragen, ob Alesi für seine Prostituierten aus China genauso viel zahlt, hielt die Frage jedoch zurück. Sie schaut sich interessiert in dem Atelier um. Auf drei Staffeleien stehen angefangene Bilder in der Mitte des Raumes und an den Wänden lehnen mehrere großformatige, offenbar bereits fertiggestellte Ölbilder.

»Dembruck ist sehr produktiv, wie ich sehe. Hier steht ja ein Vermögen herum. Aber sag, wo ist denn der Hausherr? Ich kann es gar nicht erwarten, ihn kennenzulernen.«

Michel grinst und bietet ihr einen Stuhl an.

»Setz dich doch bitte. Ich werde David holen.«

Michel verlässt das Atelier und kommt eine Minute später zurück. Hannah sieht ihn fragend an.

»Und, wo ist er?«

Michel lächelt sie an und verbeugt sich vor ihr.

»David Dembruck steht vor dir.«

Hannah klappt der Kiefer herunter. Sie starrt ihn mit offenem Mund an. Als ihr allmählich klar wird, was er gesagt hat, steht sie auf und stößt nach Atem ringend hervor:

»Das glaub ich jetzt nicht!«

Zu mehr ist sie nicht fähig. Sie geht, den Blick auf den Boden gerichtet, aufgeregt in dem Atelier umher und murmelt immer wieder den gleichen Satz: Das glaub ich nicht, das glaub ich nicht – bis sie es glauben muss. Sie mustert ihn, wie einen Fremden, schüttelt den Kopf, geht ein paar Schritte zurück, kommt zurück und stellt sich vor ihn hin.

»Du bist verrückt, total verrückt! Du erlaubst dir doch keinen Scherz mit mir, oder?«

Michel schüttelt den Kopf und lacht sie an.

»Da gibt es, denke ich, nichts zu lachen. Du bist ein Lügner, ein Heuchler, ein Fälscher! Nicht besser als dieser Alesi!«

»Jetzt tust du mir aber unrecht. Ich bin kein Wolfgang Beltracchi, der hunderte von Bildern gefälscht hat, und zu Recht dafür bestraft wurde und ins Gefängnis musste. Ich habe niemanden betrogen. Ich habe lediglich unter meinem Pseudonym

David Dembruck meine eigenen Bilder, ich betone, meine selbst gemalten Bilder, also Originale, angeboten, vermarktet und verkauft. Das ist nicht verboten.«

»Nein, verboten nicht, aber es ist unredlich. Du hast deine Bilder unter Vortäuschung falscher Tatsachen verkauft. Du hast mich, deine Familie, deine besten Freunde belogen!«

»Nun, es stimmt, ich habe nie die Identität von Dembruck gelüftet, aber ich habe auch nie behauptet, dass ich nicht David Dembruck bin. Und es hat mich niemand direkt gefragt ...«

»Das ist doch Wortklauberei«, unterbricht sie ihn, »du hast uns alle ganz bewusst hinters Licht geführt. Das ist zumindest unfair, man spielt nicht mit verdeckten Karten mit Menschen wie bei einer Pokerrunde und schon gar nicht mit der eigenen Familie. Das Finanzamt zumindest wird sich solch ein Spiel nicht gefallen lassen. Du hast doch für die Einnahmen aus diesen Bildern sicher nie Steuern gezahlt. Also hast du auch noch Steuern hinterzogen und demnach doch betrogen. Ich verstehe nicht, warum du das gemacht hast.«

»Mit dem Finanzamt bin ich im Reinen. Es kennt meine wahre Identität, und ich habe alle meine Steuern bezahlt ... Ja, warum habe ich das gemacht? Das ist schon schwerer zu beantworten. Ganz am Anfang, als ich noch jung war, habe ich mich nicht getraut unter meinem richtigen Namen zu veröffentlichen. Ich fand es läppisch, neben der Verlagsarbeit auch noch als Maler aufzutreten. Das passte einfach nicht zusammen. Ich habe die Veröffentlichungen unter dem Namen Dembruck als Experiment betrachtet. Später dann, hat sich die Sache verselbständigt. Es war für mich zunächst ein Spiel, ja. Ich fand Spaß daran, meine eigenen Bilder zu vermarkten und auszustellen. Es bereitete mir Vergnügen zu hören, wie das Publikum meine Bilder aufnahm und wie die potenziellen Kunden sie beurteilten. Ich war ja immer unter ihnen.«

»Bist du nie darauf gekommen, dass es charakterlos ist, das Vertrauen der Menschen zu missbrauchen? Dann waren also auch alle Aussagen und Komplimente, die dieser David über mich und andere gesagt haben soll, geheuchelt und gelogen?«

Hannah muss an die Rede von Michel anlässlich ihrer Buchveröffentlichung *Frau in Stadtlandschaft* vor zehn Jahren denken. Hatte damals nicht Michel, als er Dembrucks Grußbotschaft vorlas, gesagt, dass David Dembruck im Saal anwesend sei und sie sehen könne? Alle hatten sich umgesehen und nach dem Künstler gesucht. Er stand vor ihnen. Es war nicht gelogen gewesen. Und hat Michel damals nicht vor aller Augen vorgelesen, dass David alias Michel sie verehre?

»Nein, Hannah. Es war meine Meinung, die Meinung von Michel Angelo. Und sind Komplimente von mir als realer Person weniger Wert als die von dem fiktiven David Dembruck? Und sind die Bilder, weil sie von mir, Angelo, gemalt sind, weniger gut als die von Dembruck? Jawohl, ich habe mit den Menschen gespielt und einige hinters Licht geführt, was man durchaus verurteilen kann. Aber überlege einmal, wollten sie sich nicht vielleicht verblenden lassen? Warum haben alle diesem doch recht unwahrscheinlichen Märchen geglaubt? Und warum waren so viele Kunstliebhaber von dieser mysteriösen Malerfigur fasziniert und fanden die Bilder gerade deswegen interessant?«

Hannah zieht die Schultern nach oben

»Ich sage es dir, Hannah. Die Menschen lieben Mysterien, das Rätselhafte, das Unvernünftige, Übersinnliche. Wir haben das romantische Zeitalter immer noch nicht überwunden und wollen es möglichweise gar nicht, weil die Romantik, wo Banales in Wunderbares, wo Bekanntes in Exotisches, Vernünftiges in Sinnliches und Greifbares in Gespenstisches transformiert wird, in uns drin steckt und nur anthropologisch erklärt werden kann. Warum fasziniert das Bild ›Die Liebenden‹ von Magritte? Weil es Rätsel aufgibt, weil es auf etwas über das Bild Hinausgehendes verweist, nämlich auf die Sehnsucht nach Liebe und sinnlicher Lust, die den beiden Verhüllten physisch verwehrt ist, und auf die Angst vor Verlust einer geliebten Person oder der eigenen Identität, die angesichts des **Schicksals von** Magrittes Mutter in das Bild als traumatisches Erlebnis eingeflossen ist. Du weißt sicher, dass sich Magrittes Mutter, als er erst dreizehn Jahre alt war, in einen Fluss geworfen hat.

Ich habe mein Leben so gelebt, wie ich es gelebt habe. Und ich stehe dazu, rückgängig kann ich es so oder so nicht mehr machen und würde es auch nicht wollen. **Die Kunst des Lebens bedeutet für** mich, Künstler seines Lebens zu sein. Ein Bild von sich zu malen, das das Ende weiß, das aber doch so gemalt wird, als ob das Leben ewig währt. Eine feste Grundierung, einige Striche Melancholie hier, ein paar Farbtupfer dort.«

»Malen kannst du, ohne Frage. Deine Bilder sind hervorragend, ja genial. Das habe ich dir schon einmal vor Jahrzehnten gesagt – bevor du sozusagen in den ‚Untergrund‘ gegangen bist. Aber ob man die Malerei so auf das Leben übertragen kann? Da habe ich doch meine großen Zweifel.«

»Du kannst zweifeln, das kann ich dir nicht verwehren, aber ich bitte dich zu versuchen, meinen Lebensentwurf zu verstehen und zu tolerieren.«

»Und wie soll es jetzt weitergehen?«

»Mach daraus, was du willst. Wir können das Geheimnis weiterhin wahren. Wir können Dembruck sterben lassen, wir können aber auch alles publik machen. Ich überlass das dir und Leon, besprich es mit ihm. Zunächst aber müssen wir das Problem Alesi, das ja weiterhin existiert, beiseiteschaffen.«

Hannah nickt nachdenklich. Sie wirkt unentschlossen und ratlos. Es ist einfach zu viel auf sie eingestürmt in den letzten Tagen, Wochen und Monaten. Woran kann sie sich noch festhalten? Sie hat das Gefühl, alles verflüssige sich in ihren Händen und entgleitet ihr. Ihr Mann, ihr Leben, ihre Familie. Was bleibt ihr?

»Ich werde mich mit Alesi in unserem Haus am Gardasee nochmals treffen und mit ihm zu reden versuchen. Er hat schon zugesagt. Nach diesem Gespräch werden wir dann weitersehen. Bist du damit einverstanden?«, sagt Michel in einem Tonfall, als ob er über einen geplanten Spaziergang in den Taunus reden würde.

»Was soll ich dazu sagen? Versuch es. Ich halte es aber für ziemlich aussichtslos.«

»Ich würde morgen schon fahren unter der Voraussetzung, dass du das Haus nicht verlässt. Du hast hier alles, was du brauchst. Der Kühlschrank ist gefüllt. Wein ist im Keller und Bilder zu deiner geistigen Ergötzung sind ausreichend im Atelier«, sagt Michel witzelnd.

Hannah findet das überhaupt nicht witzig.

»Versprichst du mir das?«, fragt Michel nach.

»Wie lange bist du weg?«

»Etwa eine Woche.«

»Gut, ich verspreche es dir. Ich bin sowieso nicht in der Laune, das Haus zu verlassen. Sprich du mit diesem Scheusal, über alles andere reden wir, wenn du zurück bist.«

»Ich werde dich dann jetzt allein lassen und in unsere Wohnung zurückfahren, um die Normalität zu wahren. Ich weiß nicht, ob er unser Haus beobachten lässt.«

Vor der Haustür umarmt er Hannah lange, drückt sie fest an sich und er küsst sie, wie man jemand küsst, von dem man sich für immer verabschiedet.

»Ti amo, Hannah. Du bist der wichtigste Mensch in meinem reichen Leben, dem es an bunten Farbtupfern nicht gemangelt hat. Ohne dich wäre ich nicht der, der ich geworden bin. Du hast mir ein schönes Leben geschenkt, denke immer daran, wenn ich nicht da bin.«

Er wendet sich ab und Hannah scheint es, als ob er feuchte Augen bekommen habe. Ein merkwürdig emotionaler Abschied, denkt sie, und eine unbestimmte, auf nichts begründete innere Unruhe nimmt von ihr Besitz.

»Mach nichts Unüberlegtes!«, ruft sie ihm nach, aber da ist er schon außer Sichtweise und hat die Warnung nicht mehr gehört.

Sie geht zurück in das fremde Haus und verriegelt die Tür. Sie geht in die Küche, kontrolliert den Kühlschrank, gießt sich ein Glas Weißwein ein und geht mit dem Glas in den zweiten Stock, um sich die Bilder von Angelo genauer anzusehen. Sie ist beeindruckt von der Expressivität seiner Bilder, dem Amalgam von narzisstischer Ausdrucksweise, anarchischer Wildheit, Impression und Form, das sich in diesen Bildern ausdrückt und den Betrachter in ihren Bann zieht.

Er ist ein wirklich großer Maler, sagt sie anerkennend in den leeren Raum.

Im Atelier kommt sie an einem Regal vorbei, in dem allerlei Malutensilien aufbewahrt sind und sieht das Buch ›Japanese Erotic Art – The Hidden world of Shunga‹ von Ofer Shagan, das sie sich schon lange einmal kaufen wollte. Sie blättert darin herum und betrachtet interessiert die japanischen, pornographischen Abbildungen, die zwischen Ende des siebzehnten und Anfang des 20. Jahrhunderts entstandenen sind. Als sie es zurückstellen will, fällt ihr Blick auf eine große Familienbibel. Sie wundert sich, dass Michel, der Atheist, eine Bibel in seinem Regal aufbewahrt. Sie nimmt sie in die Hand. Es ist die Bibel seiner Mutter. Als sie darin herumblättert, findet sie einen ungeöffneten Briefumschlag. Hannah zögert, wendet das vergilbte Couvert, auf dem weder Name noch Adresse steht, hin und her, öffnet es schließlich und liest:

Lieber Michel, ich bitte dich um Vergebung, dass ich dir nie gesagt habe, dass Andreas nicht dein leiblicher Vater ist. Du warst immer so stolz, einen erfolgreichen Kunsthändler als Vater gehabt zu haben und dachtest, dass du dieses Talent von ihm geerbt hast. Ich wollte dich in diesem Glauben lassen. Was hätte es genutzt, wenn du die Wahrheit gewusst hättest.

Dein leiblicher Vater hatte eine eigene Familie, für die er Verantwortung trug. Deswegen hatten wir eine Heirat nie in Betracht gezogen. Er war mir gegenüber aber stets offen und fair. Und nicht nur das, er hat mir auch in schweren Zeiten Liebe, Zuneigung und Achtung geschenkt, für die ich ihm dankbar bin.

Ich habe lange überlegt, ob ich dir den Brief irgendwann geben soll oder nicht. Ich habe mich entschlossen, es nicht zu tun und werde das Geheimnis mit in mein Grab nehmen. Ich lege ihn in meine Bibel und gebe ihn in Gottes Hand.

Deine Mutter

Hannah kann es kaum glauben, was sie eben gelesen hat. Sie steht fassungslos mit der Notiz in der Hand vor dem Regal. Als sie schließlich realisiert, was das für sie und ihre Beziehung zu Michel bedeutet, gibt sie sich den Tränen der Freude und Erleichterung hin.

Als sich Hannah von dem Regal abwenden will, fällt ihr Blick auf eine Gesichtsmaske aus Silikon, die in einem offenen Karton nebenan liegt. Sie nimmt die Maske in die Hand und sieht das große, himbeersirupfarbene Muttermal und die dichten, buschigen Augenbrauen. Vor ihrem inneren Auge erscheint die lebensgroße Fotografie, die auf Michels Vernissage zu sehen war. Er hätte zum Zirkus als Illusionist oder Verwandlungskünstler gehen sollen, denkt sie.

In dem Moment, als Hannah die Dembruck-Maske wieder zurücklegen will, sieht sie auf dem Boden des Kartons ein amtliches Schreiben. Er ist von der neurologischen Abteilung der Universitätsklinik, adressiert an Michel Angelo. Er ist unverschlossen. Sie nimmt den Briefbogen mit Briefkopf der Klinik heraus.

Lieber Herr Angelo,

ich fasse mit diesem Schreiben der Ordnung halber nochmals schriftlich zusammen, was ich Ihnen in groben Zügen schon mündlich mitgeteilt habe.

Mit Hilfe einer Magnetresonanztomografie haben wir unmittelbar an die Wernicke-Region angrenzend einen walnussgroßen Tumor lokalisiert. Wir empfehlen Ihnen dringend, schnellstmöglich eine Biopsie durchführen zu lassen, um die Spezifität des Tumors feststellen zu können. Die Form und Lage des Tumors deuten darauf hin, dass es sich um einen malignen, also karzinogenen Tumor handeln könnte. Das ist aber nur eine Vermutung. Wenn dem aber so wäre, müssten möglichst rasch entsprechende Therapiemaßnahmen (Strahlen- und/oder Chemotherapie und/oder Operation) eingeleitet werden. Aber auch, wenn es sich um einen gutartigen Tumor handeln würde, dürfen Sie mit den therapeutischen Maßnahmen nicht zu lange warten, da der Tumor schnell wachsen kann und sich so die Schmerzen, die Sie bereits haben, erheblich verstärken können.

Der Tumor liegt tief im Innern des Gehirns und drückt auf das Sprachzentrum im Frontalcortex. Das könnte der Grund für Ihre gelegentlichen Sprachstörungen und auch für die, wie Sie sagten, in letzter Zeit häufigeren Erinnerungslücken sein. Der Tumor ist auch die Ursache für die starken, migräneartigen Kopfschmerzen, unter denen Sie leiden. Diese können insbesondere dann verstärkt auftreten, wenn sich der Blutzufluss ins Gehirn verstärkt und so der Innendruck im Kopf steigt, was erklärt, warum Sie im Liegen besonders starke Schmerzen empfinden.

Rufen Sie mich bitte wegen einer Terminvereinbarung so bald wie möglich an und schieben Sie die weiteren Untersuchungen nicht auf die lange Bank.

Herzliche Grüße

Ihre

Rosa M. Vonderbank

Am Schluss des Schreibens hatte Michel handschriftlich eine Notiz geschrieben:

Rosa kann warten. Erst Pistole besorgen (Bahn-hofsviertel?) und dann die Sache mit Alesi klären.

Hannah hält versteinert das Papier in ihrer Hand. Ihre Vermutungen haben sich bestätigt. Er muss sich sofort operieren lassen, egal ob gut- oder bösartig, denkt sie. Aber ist eine Operation so tief im Gehirn nicht auch lebensgefährlich? Und wenn es ein Krebstumor wäre und er bereits so groß ist, hat er dann nicht schon längst Metastasen gebildet?

Hannah wagt nicht, daran zu denken. Wieder rollen Tränen über ihr Gesicht. Diesmal aus Angst um das Leben von Michel. Gerade jetzt, wo sich ihr Leben zum Besseren zu wenden scheint und ihre Beziehung von dem unerträglichen Ballast der In-zucht befreit ist, droht sie unwiederbringlich ausei-nander zu brechen. Wenn Michel sterben muss, will sie auch nicht mehr leben.

Dann liest sie nochmals die handschriftliche No-tiz. Was hat sie zu bedeuten? Was um Himmels wil-len hat er mit der Pistole vor? Hat er sich aufgege-ben? Braucht er die Pistole, um die ‚Sache' mit Alesi klären? Ihn töten und dann sich selbst? Ist er des-wegen nach Tignale gefahren? Sie erinnert sich, wie er zu ihr gesagt hat: du bist in Gefahr, ich werde dich vor ihm schützen. Wie waren seine Worte? *Ich werde mir etwas einfallen lassen und habe auch schon eine Idee.* Ich bin an allem schuld, ich habe ihn mit meiner unnachgiebigen Haltung dazu getrieben, zu töten! Habe ich nicht schon eine böse Vorahnung gehabt, als er sich verabschiedete? *Du hast mir ein schönes Leben geschenkt, denke immer daran, wenn ich nicht da bin.* Sagt man so etwas, wenn man sich nur kurz trennt? Michel führt eine spektakuläre Existenz, die, wie Hannah weiß, auch sein Ende einschließt. Plant er jetzt, da er glaubt der Katastrophe des Todes nicht mehr ausweichen zu können, einen spektakulären, nachhaltigen Abgang zu seinen Bedingungen?

Hannah geht zum Telefon, um mit ihm zu sprechen, ihm zu sagen, dass er die Klage zurückziehen soll – und dass der Fluch der Inzucht sich in Luft aufgelöst hat. Sie bekommt keine Verbindung. Sie ruft auf seinem Mobiltelefon an, aber auch da meldet er sich nicht.

11

Michel ist mit dem Leihwagen vom Westend direkt in die Elbestraße im Bahnhofsviertel gefahren. Er stoppt kurz in der engen Straße und fischt aus seinem Jackett einen Zettel, auf dem er die genaue Adresse notiert hat. Hinter ihm beginnt sofort ein Fahrer in einem roten Ferrari zu hupen. Ein Zuhälter, der es gewohnt ist, dass die Straße ihm gehört, denkt Michel. Er findet einen Parkplatz vor einem fünfstöckigen Haus, dessen flimmernde Neonreklame die beste Zeit bereits hinter sich hat. Aber den Männern, die den Puff besuchen, ist das mit großer Wahrscheinlichkeit egal. Michel tritt in eine Bar, in deren schummrigen Licht er kaum etwas erkennen kann. Er tastet sich zur Theke vor und fragt nach Viola. Er wird von einem bulligen Rausschmeißer in ein Hinterzimmer geführt, wo er von einer vollbusigen, leicht bekleideten Blondine gegen eine hohe Summe Bargeld eine Pistole und Patronen in die Hand gedrückt bekommt. Der Einmeterneunzighühne, der ihn in das Zimmer geführt hat, lächelt schmierig und bietet ihm als Gratiszugabe zu dem Kauf einen, wie er sagt, ›geilen Fick‹ mit einem der Mädchen des Hauses an. Michel lehnt dankend ab und verlässt eiligst das Etablissement.

Als er bedächtig die kurvenreiche Strecke nach Tignale zu seinem Haus hochfährt, erinnert er sich an Hannahs wilde Fahrt und hört die quietschenden Reifen und sieht ihr grimmiges Gesicht vor sich. Er muss schmunzeln. Jetzt endlich würde er Hannahs erlittene Erniedrigung und Demütigung vergelten können.

Obwohl er müde ist, kann er nicht schlafen. Er holt sich eine Flasche Wein aus dem gut bestückten Weinkeller und vertieft sich in eine Fachzeitschrift, die er mitgebracht hat.

›Sotheby's in New York hat auf einer Auktion mit Impressionisten und Modern Art an einem einzigen Abend einen Umsatz von 422 Millionen Dollar erzielt. Das ist der höchste Umsatz, den Sotheby's in seiner Geschichte jemals erzielt hat.

Georgia O'Keeffes Gemälde *Jimson Weed/Whitte Flower No. 1*, ebenfalls bei Sotheby's auktioniert, erzielte mit knapp über vierundvierzig Millionen Dollar das höchste Ergebnis, das jemals eine Künstlerin erzielt hatte. Das Bild, das im Besitz der Schwester von O'Keeffe, Anita, war, wurde 1987 für etwas unter einer Million und 1994 für leicht über einer Million Dollar, ebenfalls bei Sotheby's, verkauft.‹

Michel hebt seinen Kopf und schaut durch die Glasfront auf den Garten. Es wird Zeit, dass endlich einmal eine Frau einen ansehnlichen Preis erzielt. Endlich können auch sie von dem Boom auf dem Kunstmarkt profitieren. Bei den spektakulären Verkäufen traten sie bisher kaum in Erscheinung. Und die Hochkonjunktur ist noch lange nicht zu Ende, sinniert Michel. Meine eigenen Bilder liegen im Trend und könnten ebenfalls von dieser aberwitzigen Preisentwicklung Nutzen ziehen. Natürlich nicht in diesen Dimensionen, aber immerhin. Allerdings, und ein dünnlippiges Lächeln legt sich in sein Gesicht, wird völlig ungewiss sein, wie der Markt reagieren wird, wenn die Wahrheit über Dembruck an die Öffentlichkeit gelangt. Aber das soll nicht mehr mein Problem sein ...

Er trinkt die Flasche Wein aus, geht zu Bett und versucht zu schlafen. Die Kopfschmerzen, die sein ständiger Begleiter geworden sind, verstärken sich. Er nimmt noch eine Tablette und fällt schließlich in einen unruhigen Schlaf. Nachtmahre, die an die Fantasiegestalten des berühmten Bildes von Füssli erinnern, trampeln auf seiner Brust herum. Er liegt wehrlos auf seinem Bett und ist dem höhnischen Lachen dieser Gespensterwesen ausgeliefert, die

mit riesigen Pistolen vor seinem Gesicht herum-
fuchteln...

Michel wacht schweißgebadet auf.

Er geht unter die Dusche, zieht einen Anzug an
und bereitet das Treffen mit Alesi vor. Er rückt einen Sessel, auf dem er selbst Platz nehmen wird,
vor die Verandafenster, so dass er das Licht im Rücken hat, und stellt den Beistelltisch neben seine
Sitzgelegenheit. Er legt die entsicherte Pistole darauf und versteckt sie unter einer Zeitung. Auf den
großen rechteckigen Couchtisch stellt er für sich
und seinen Gast je eine Kaffeetasse und die Alessi-
Thermoskanne mit Kaffee, die Hannah in Verona
gekauft hatte. Er würde ihn bitten, auf dem Sessel
ihm gegenüber Platz zu nehmen. Das ist eine Entfernung von ungefähr zwei bis zweieinhalb Meter.
Eine gute Entfernung.

Viel Zeit habe ich nicht. Der erste Schuss muss
treffen. Es wird schwer genug sein, auf einen Menschen zu schießen, da will ich diesen Menschen
nicht auch noch leiden sehen, denkt er. Was ich danach mache, werde ich dann entscheiden. Ich habe
gut und genussvoll gelebt. Ist jetzt nicht der Augenblick gekommen, den letzten Schritt auf eigenen Füßen zu gehen, wie ich es immer vorhatte? Ich er-
trage es nicht, als hirnloses Wrack vor mich hinzu-
vegetieren. Es ist keine Katastrophe zu sterben.
Einmal ist Schluss, daran lässt sich nichts ändern.

Ich war mir dessen immer bewusst und habe immer in der Gewissheit des Endlichen gelebt.

Michel setzt sich und wartet. Er ist seltsam ruhig. Nicht so, wie er erwartet hat, dass ein Mensch empfindet, der im Begriff ist einen anderen Menschen zu töten. Er hat sich alles wieder und wieder durch den Kopf gehen lassen. Er muss es tun. Wenn er an Krebs stirbt oder nach der Operation ein schwacher, ohnmächtiger Mensch ist, wäre Hannah Alesi schutzlos ausgeliefert. Er darf nicht sterben, bevor er Alesi nicht...

Er blickt auf die Uhr. Es ist elf, er müsste jeden Augenblick kommen. Er kontrolliert nochmals die Pistole. Es wird halb zwölf, eine halbe Stunde über den vereinbarten Termin hinaus. Können die Südländer sich denn nie daran gewöhnen, pünktlich zu sein, geht es ihm durch den Kopf. Es wird zwölf.

Was mache ich, wenn er nicht kommt? Ahnt er, was ich vorhabe? Quatsch, das ist unmöglich! Dieses ganze Geschwätz über Telepathie, über Übersinnliches oder dergleichen ist Humbug. Nervös läuft er im Zimmer herum. Vielleicht ist etwas dazwischen gekommen und er hat versucht mich anzurufen. Er prüft sein Smartphone. Es ist eingeschaltet. Er tritt vor das Haus. Keine Menschenseele, kein Auto, nichts. Es regnet in Strömen. Michel geht wieder in das Haus zurück und wartet weiter. Außer dem Platschen des Regens auf die Verandafliesen hört er nichts. Totenstille. Als es dunkel wird, macht er Licht im Haus und schaltet die Gartenbeleuchtung an. Irgendwann wird er sich schon melden. Er holt sich aus der Bar einen Cognac und nimmt einen großen Schluck direkt aus der Flasche. Er schläft im Sitzen ein.

Hannah, in jugendlichem Alter, liegt neben ihm nackt auf einer roten Chaiselongue. Sie lassen sich Zeit ihre Körper neu zu erkunden. Er streichelt mit den Fingerspitzen über die Muttermale auf ihrer Brust, über ihre Blinddarmnarbe und die Schamhaare, durch die ein kleines Tatoo hindurch schimmert. Plötzlich quillt Blut durch seine Finger. Hannahs Gesichtszüge verzerren sich. Ihre glatte, weiße Haut wird runzelig und nimmt die Farbe von fleckig-braunem Pergamentpapier an. Braun gesprenkelte, hagere Hände, durchzogen von dunkel hervortretenden Adern, strecken sich ihm entgegen. Er weiß nicht, ob Hannah ihn abwehren oder nach ihm greifen will. Er hört hinter sich ein höhnisches Lachen. Als er sich danach umsieht, erblickt er Alfredo Alesi. Er umklammert mit der linken Hand das Aktbild von Hannah und presst es an seinen Körper. Mit der anderen Hand zielt er mit einem Revolver auf seinen Kopf. Er spannt mit dem

Daumen den Hahn und sagt: lass die Finger von deiner Schwester! Michel tastet auf dem Nachttisch nach seiner Pistole, als er ein Telefon klingeln hört...

Michel wacht auf und sieht verstört auf das Handy, das in seiner Hand vibriert. Als er einigermaßen in die Wirklichkeit zurückgekehrt ist, drückt er auf die Rufannahme.

»Um Gottes willen, Michel, was hast du gemacht? Bist du von Sinnen?«, schreit Hannah in das Telefon.

»Hannah, langsam, langsam! Beruhige dich doch! Ich habe keine Ahnung wovon du sprichst. Was soll ich gemacht haben? Ich liege im Bett und bin gerade aufgewacht.«

»Was du gemacht haben sollst? Das fragst du mich? Alesi ist tot! Du hast ihn getötet! Bist du bei Verstand, hast du Drogen genommen? Ich weiß, dass du dir eine Pistole besorgt hast. Setz' dich ins Auto und verlasse umgehend Italien! Fahr so schnell du kannst zurück nach Deutschland! Der Clan wird sich an dir rächen. Ich ruf deinen Anwalt an. Oh Gott, ich bin halb wahnsinnig vor Angst um dich!«

»Hannah, du spinnst. Ich habe Alesi nicht umgebracht. Ich gebe zu, ich habe mit dem Gedanken gespielt, er ist aber gestern nicht gekommen. Woher weißt du, dass er tot ist?«

Die Leitung bleibt lange stumm.

»Bist du noch dran? Hannah, sag, woher weißt du das?«

Michel hört sie atmen, sie ist aber anscheinend immer noch unfähig zu sprechen. Dann, nach einer Ewigkeit, sagt sie: »Ich verstehe überhaupt nichts mehr, du hast ihn nicht umgebracht? Wirklich nicht?«

»Aber Hannah, rede doch keinen Unsinn, ich weiß doch, was ich gemacht habe. Woher hast du die Nachricht, dass Alesi tot sein soll?«

»Michel, du glaubst nicht, was ich für eine Angst gehabt habe, als ich heute Morgen in einem italienischen Radiosender die kurze Nachricht gehört habe, dass Alesi getötet worden war. Mehr weiß ich auch nicht.«

»Eines jedoch wissen wir mit Gewissheit, trotz meiner Gedächtnislücken. Ich war es nicht.«

Wieder war eine lange Unterbrechung, dann hört er, wie sie leise in das Telefon sagt: »Ich liebe dich, Angelino. Alles wird wieder gut werden. Mach bitte nichts, was nicht mehr rückgängig zu machen ist. Komm nach Hause und sprich mit mir – über alles.«

Michel schaltet den Fernseher ein, aber in den Nachrichten wird nichts gemeldet. Er zieht sich rasch an, um in Tignale alle italienischen Zeitungen zu kaufen, deren er habhaft werden kann.

Die großen Tageszeitungen melden ebenfalls nichts. Aber in der in Mailand erscheinenden *Il Giorna* und im Il *Giornale di Brescia* wird er fündig. Gemäß den Berichten dieser Zeitungen kristallisiert sich für Michel ein grausiges Geschehen heraus: Alesi war nach Aussage eines Überlebenden seines Clans nach Verona gereist, um mit einem Kunsthändler, der am Gardasee wohnt, dringende Geschäfte zu besprechen. Am Abend vor dieser Besprechung hatte sich Alesi offenbar noch mit einem Unterhändler seines chinesischen Geschäftspartners Ai Lynn Lin in einem exklusiven Restaurant in Verona verabredet. Nach Augenzeugenberichten übergab Alesi einem seiner chinesischen Gäste eine große Summe an Bargeld. Etwa um 23 Uhr standen die drei Chinesen auf, zogen ihre Pistolen und feuerten ohne Vorwarnung auf Alfredo Alesi und seine Begleiter. Alesi selbst und drei seiner Bodyguards starben im Kugelhagel. Einer der Angreifer wurde von Alesis Männern getötet und einer lebensgefährlich verletzt. Der dritte Mann konnte mit dem Geld fliehen. Es handelte sich, wie die Zeitungen schreiben, ganz offensichtlich um einen Bandenkrieg, denn Alesi war, wie die Polizei bekanntgab, in Geschäfte mit Prostitution sowie Menschen- und Frauenhandel verwickelt. Er schleuste seine ‚Ware' unter anderem aus dem asiatischen Raum ein und stand dort in enger Verbindung mit eben diesem Ai

Lynn Lin, einem der Polizei ebenfalls bekannten Mafia-Boss aus Hongkong. In dem Verhör des überlebenden Chinesen, der seinen Namen mit Mei Hong Lin angegeben hatte, sagte dieser aus, dass Alesi Ai Lynn Lin um eine hohe Summe betrogen habe und sie deshalb den Auftrag hatten, das Geld zurückzufordern und Alesi seiner Strafe zuzuführen. Kurz nach dem Verhör erlag Mei Hong Lin im Krankenhaus seinen Verletzungen.

Michel Angelo sitzt lange Zeit still auf dem Sofa und blickt durch das Fenster auf Brancusis *Le Baiser*. Er schwebt wie auf einer Wolke und fühlt sich wie neugeboren. Für einen Augenblick ist sein eigenes vom Tod bedrohtes Schicksal in den Hintergrund gerückt.

Als er auf der Rückfahrt auf die Uferstraße einbiegt, hält er an, wirft seine Pistole in den See und fährt nach Forch in der Schweiz und, nachdem er dort alles geregelt hat, von dort zurück nach Deutschland.

Hannah betritt zusammen mit Rosa das Krankenzimmer der Intensivstation. Der weiße Verband schlingt sich wie ein Turban um den Kopf von Michel. Seine Bettdecke ist bis zum Kinn hochgezogen. Die Augen sind geschlossen. Er schläft. Hannah wirft einen fragenden Blick zu Rosa. Die nickt und

Hannah nähert sich vorsichtig dem Bett, setzt sich auf einen bereitstehenden Stuhl und streichelt seine Hand. Ab und zu zuckt es in seinem Gesicht. Plötzlich öffnet er die Augen und starrt sie an wie eine Fremde. Er erkennt mich nicht, geht es ihr durch den Kopf.

»Hallo Michel, ich bin's. Hannah.«

Michel regt sich nicht. Er sucht offensichtlich nach Worten. Er erkennt mich nicht, denkt Hannah erschrocken.

Sie schaut zu Rosa, die am Fußende des Bettes steht. Michel folgt ihrem Blick und die Andeutung eines Lächelns huscht über sein Gesicht, als er Rosa sieht.

»Kannst du mich hören, Michel?«

Er dreht sich wieder Hannah zu und öffnet seinen Mund und sucht mühsam nach Worten.

»Chi nak chid neröh etsbeil se tsi sella ni gnundro.«

Die Worte kommen abgehackt aus Michels Mund, so als ob er nach jedem einzelnen Wort angestrengt suchen und es buchstabieren müsse.

Hannah lässt vor Schreck die Hand von Michel los und blickt fassungslos zu Rosa, die mit offenem Mund dasteht und ebenfalls nicht fassen kann, was vor ihren Augen geschieht. Die Entfernung des gutartigen Tumors war schwierig gewesen, aber die Wach-OP war ohne Komplikationen verlaufen. Sie kann sich dieses Kauderwelsch, das aus seinem Mund kommt, nicht erklären.

»Herr Angelo, können Sie mich hören?«, fragt Rosa zu Michel gewendet.

Er nickt.

»Sprechen Sie mir bitte nach: Heute ist Dienstag.«

»Etueh tsi gatsneid«, sagt Michel nach langer Überlegung.

Rosa versucht es noch einmal mit einem anderen Satz.

»Sagen Sie jetzt bitte: Mein Wohnort ist Frankfurt.«

»Niem tronhow tsi trufknarf«, ist die unverständliche Antwort, die Michel nach einiger Überlegung zwischen seinen Lippen mühsam hervor quetscht.

Rosa zieht Hannah beiseite und flüstert ihr ins Ohr.

»Ich verstehe das nicht, es ist mir rätselhaft. Ihr Mann wurde bei vollem Bewusstsein operiert, da der Tumor in der Nähe des Sprachzentrums lag, und er konnte während der gesamten Operation ohne Schwierigkeiten mit dem Arzt reden. Warten Sie bitte hier, ich werde sofort den Chefarzt rufen lassen.«

Als die beiden Frauen sich umdrehen und betreten zum Bett gucken, sehen sie in ein breit grinsendes Gesicht. Michel freut sich tierisch über seinen gelungenen Coup.

»Richtig, heute ist Dienstag und ich wohne in Frankfurt. Es ist alles in Ordnung«, sagt er in bestem Deutsch. »Es ist nur etwas schwierig, Worte von hinten nach vorn flüssig auszusprechen.«

»Bist du von Sinnen? Ich bin fast gestorben vor Angst. Über so etwas macht man keine Späße«, sagt Hannah.

»Man soll den Spaß am Leben nie verlieren«, antwortet Michel.

Als Hannah sich von ihm verabschiedet, gibt sie ihm einen zärtlichen Kuss auf den Mund und legt wortlos das Briefcouvert mit der Notiz seiner Mutter über ihre Liebesaffäre, der Michel sein Leben verdankt, auf den Nachtisch.

Danksagung

Herzlich bedanken möchte ich mich bei all jenen, die im Vorfeld das Buch gelesen, korrigiert und durch wertvolle Hinweise verbessert haben.

Mein ganz besonderer Dank gilt jedoch meiner Erstlektorin: meiner Frau Ute.

Der Autor

 Henning Schramm, aufgewachsen in Tübingen, studierte Soziologie, Volkswirtschaft und Ethnologie in Mainz, Tübingen und Frankfurt/Main.
Nach dem Examen zum Diplomsoziologen übernahm er zunächst eine Tätigkeit als Wissenschaftsredakteur in einem Institut für Erwachsenenbildung. Anschließend arbeitete Schramm als Wissenschaftlicher Mitarbeiter mit einem Lehrauftrag an der Universität Frankfurt/Main und danach als Marktforscher in einem privaten Marktforschungsinstitut.

Schramm ist seit über 15 Jahren als Schriftsteller tätig und hat mehrere Romane und Sachbücher veröffentlicht. Er lebt mit seiner Frau in Frankfurt/Main.

Mehr Informationen zum Autor finden Sie auf seiner Homepage: **www.henningschramm.de**

Neueste Buchveröffentlichungen von Henning Schramm

Gutes Leben
Freiheit Gerechtigkeit Solidarität

366 Seiten
BoD-Verlag 2020
ISBN: 978 3 752 60840 3
13,50€

Unser Leben ist stark geprägt von einer imperialen Lebensweise. Der unverhältnismäßige Ressourcenverbrauch, die Kusum- und Produktionsmuster, die Ausbeutung der Natur und der Menschen und die von Kapitalinteressen geformte Ökonomie verhindern zunehmend gutes Leben. Dies fordert uns heraus, die Frage, was gutes Leben bedeutet und die Bedingungen für gutes Leben neu zu denken. Im Mittelpunkt des Buches steht neben der subjektiven Frage nach gutem Leben, wie sie sich jedem individuellen Leben stellt, somit auch die Frage nach den Voraussetzungen und Bedingungen der Transformation von einer imperialen hin zu einer sorgenden Lebensform – einer Gesellschaftsform also, in der gutes Leben für alle möglich ist.

"Wenn wir Neues schaffen wollen, müssen wir uns von dem bloß passiv-betrachtenden Denken, dem Zukunft fremd ist, lösen. Wir müssen den Willen zum Verändern der Welt, in der wir leben aufbringen und den Mut haben, unser Wissen und Denken auf die noch ungewordene Zukunft ausrichten."

(aus: GUTES LEBEN, S. 330)

Verdacht und Vertrauen
Eine deutsche Geschichte 1918-1968

400 Seiten
BoD-Verlag 2019
ISBN: 97837504419483
12,95€

Auf der Grundlage biografischer Quellen und gesicherter historischer Fakten zeichnet der historische Roman ein Bild von Deutschland im 20. Jahrhundert, in der Argwohn und Verdächtigungen Vertrauen korrumpierten und so einen der Grundpfeiler einer funktionierenden Demokratie unterhöhlten. Der Roman mischt sich damit in die Diskussion ein, wie es damals zu der nationalsozialistischen Katastrophe kommen konnte. Er beleuchtet die Politik von Deutschland in der Nachkriegszeit, die in die 1968er-Revolte mündete und schärft den Blick für gegenwärtige rechtspopulistische Tendenzen in der Gesellschaft.

Weitere Bücher des Autors

Flammenbilder. Politthriller auf dem Hintergrund des neuen Rechtsradikalismus in Deutschland.
Mensch, sei Mensch! Fünf Essays über die Freiheit des Menschen.
Warum nicht die Wahrheit sagen. Olympe de Gouges. Historisch-biografischer Roman über eine Kämpferin für die Rechte der Frau in der Französischen Revolution.
Paula M. Roman über Liebe, Verantwortung und die zerstörerische Kraft des neoliberalen Kapitalismus.
Als der Himmel weinte. Der Kriminalroman, der auf einen authentischen Fall Bezug nimmt, öffnet den Blick auf die dunklen Seiten des Lebens mit ihren Macht- und Allmachtsfantasien.
Innenansichten. Autobiografische Erzählung.
Recht auf Ineffizienz. Sachbuch über Orientierung und Lebenssinn im Kapitalismus.

Mehr Informationen zum Autor und seinen bisher erschienenen Büchern und Essays finden Sie auf seiner Homepage: **www.henningschramm.de**